Tucholsky   Wagner   Zola   Scott   Schlegel
Turgenev   Wallace   Fonatne Sydow   Freud
Twain   Walther von der Vogelweide   Fouqué   Friedrich II. von Preußen
Weber   Freiligrath   Frey
Fechner   Fichte   Weiße Rose   von Fallersleben   Kant   Ernst   Frommel
Hölderlin   Richthofen
Engels   Fielding   Eichendorff   Tacitus   Dumas
Fehrs   Faber   Flaubert
Feuerbach   Maximilian I. von Habsburg   Fock   Eliasberg   Zweig   Ebner Eschenbach
Ewald   Eliot   Vergil
Goethe   Elisabeth von Österreich   London
Mendelssohn   Balzac   Shakespeare   Dostojewski   Ganghofer
Trackl   Lichtenberg   Rathenau   Doyle   Gjellerup
Mommsen   Stevenson   Tolstoi   Hambruch   Droste-Hülshoff
Thoma   Lenz   Hanrieder
von Arnim   Hägele   Hauff   Humboldt
Dach   Verne   Reuter   Rousseau   Hagen   Hauptmann   Gautier
Karrillon   Garschin   Defoe   Hebbel   Baudelaire
Damaschke   Descartes   Hegel   Kussmaul   Herder
Wolfram von Eschenbach   Dickens   Schopenhauer   Rilke   George
Bronner   Darwin   Melville   Grimm Jerome   Bebel   Proust
Campe   Horváth   Aristoteles   Voltaire   Federer   Herodot
Bismarck   Vigny   Barlach   Heine
Gengenbach
Storm   Casanova   Tersteegen   Gilm   Grillparzer   Georgy
Chamberlain   Lessing   Langbein   Gryphius
Brentano   Claudius   Schiller   Lafontaine
Strachwitz   Bellamy   Schilling   Kralik   Iffland   Sokrates
Katharina II. von Rußland   Gerstäcker   Raabe   Gibbon   Tschechow
Löns   Hesse   Hoffmann   Gogol   Wilde   Vulpius
Luther   Heym   Hofmannsthal   Klee   Hölty   Morgenstern   Gleim
Roth   Heyse   Klopstock   Puschkin   Homer   Kleist   Goedicke
Luxemburg   La Roche   Horaz   Mörike   Musil
Machiavelli   Kierkegaard   Kraft   Kraus
Navarra   Aurel   Musset   Lamprecht   Kind   Kirchhoff   Hugo   Moltke
Nestroy   Marie de France   Laotse   Ipsen   Liebknecht
Nietzsche   Nansen   Ringelnatz
Marx   Lassalle   Gorki   Klett   Leibniz
von Ossietzky   May   vom Stein   Lawrence   Irving
Petalozzi   Platon   Knigge
Sachs   Poe   Pückler   Michelangelo   Kock   Kafka
Liebermann
de Sade   Praetorius   Mistral   Zetkin   Komlenko

Wenn wir Toten erwachen

Henrik Ibsen

Impressum

Autor: Henrik Ibsen
Umschlagkonzept: toepferschumann, Berlin

Verlag: tradition GmbH, Hamburg
ISBN: 978-3-8424-9088-8
Printed in Germany

Text der Originalausgabe

Henrik Ibsen

Wenn wir Toten erwachen

Ein dramatischer Epilog in drei Akten

Henrik Ibsen – Sämtliche Werke

Fünfter Band

S. Fischer Verlag, Berlin, 1907

Herausgegeben von Julius Elias und Paul Schlenther

Einzige autorisierte deutsche Ausgabe

Personen

Professor Arnold Rubek, Bildhauer

Frau Maja Rubek

Der Badeinspektor

Ulfheim, Gutsbesitzer

Eine reisende DameEine

Diakonissin

Dienerschaft, Badegäste und Kinder.

Der erste Akt spielt in einem Badeort an der Küste;
der zweite wie der dritte Akt bei einem Sanatorium im Hochgebirge.

Erster Akt

Vor dem Badehotel, dessen Hauptgebäude teilweise zur Rechten sichtbar ist. Offener parkähnlicher Platz mit Springbrunnen, Gruppen von großen alten Bäumen und Buschwerk. Links ein kleiner, mit Grün und wildem Wein fast bedeckter Pavillon. Tisch und Stuhl davor. Im Hintergrunde der zuletzt ins offene Meer übergehende Fjord mit Landzungen und kleinen Inseln in der Ferne. Es ist ein stiller, sonnig warmer Sommervormittag.

Professor Rubek und Frau Maja sitzen in Korbstühlen an einem gedeckten Tisch auf dem Rasenplatz vor dem Hotel und haben soeben ihr Frühstück eingenommen. Jetzt trinken sie Champagner mit Selters, und jedes hat seine Zeitung in der Hand. Der Professor ist ein älterer, distinguierter Herr in schwarzem Samtjackett und im übrigen sommerlich gekleidet. Frau Maja ist noch ganz jugendlich; sie hat lebhafte Züge und muntere Augen voll Laune, über denen jedoch eine gewisse Müdigkeit lagert. Sie trägt ein elegantes Reisekostüm.

Frau Maja *sitzt eine Weile wie in Erwartung, daß der Professor etwas sagen soll. Dann läßt sie das Blatt sinken und seufzt:* Uh, nein, nein –!

Professor Rubek *blickt von seiner Zeitung auf.* Nun, Maja? Was ist denn los mit Dir?

Frau Maja. Hör' nur, wie still es hier ist.

Professor Rubek *nachsichtig lächelnd.* Und das kannst Du hören?

Frau Maja. Was?

Professor Rubek. Die Stille hier?

Frau Maja. Allerdings kann ich das.

Professor Rubek. Du hast am Ende nicht so unrecht, mein Kind. Man kann die Stille wirklich hören.

Frau Maja. Weiß Gott, das kann man. Wenn sie einen so ganz erdrückt – wie hier –

Professor Rubek. – wie hier im Bade, meinst Du?

Frau Maja. Überall hier in der Heimat, mein' ich. In der Stadt drinnen war ja Lärm und Unruhe genug. Und doch – für mich hatte auch dieser Lärm und diese Unruhe etwas Totes.

Professor Rubek *mit forschendem Blick.* Macht's Dir keine rechte Freude, wieder zu Hause zu sein, Maja?

Frau Maja *ihn anblickend.* Macht's *Dir* Freude?

Professor Rubek *ausweichend.* Mir –?

Frau Maja. Ja, Dir. Du bist doch so viel, viel länger weg gewesen als ich. Macht's Dir wirklich Freude, wieder zu Hause zu sein?

Professor Rubek. Nein – offen und ehrlich – so recht nicht –

Frau Maja *lebhaft.* Siehst Du! Als ob ich das nicht gewußt hätte!

Professor Rubek. Ich bin vielleicht zu lange weg gewesen. Ich bin diesen ganzen Verhältnissen hierzulande durchaus fremd geworden.

Frau Maja *rückt mit ihrem Stuhl näher zu ihm; eifrig.* Siehst Du, Rubek. Laß uns doch einfach wieder abreisen! Und das so bald wie möglich.

Professor Rubek *ein wenig ungeduldig.* Gewiß, – das haben wir ja auch vor, liebe Maja. Das weißt Du doch.

Frau Maja. Aber warum nicht gleich? Denk' Dir doch nur, – wie nett und gemütlich könnten wir's haben in unserm neuen hübschen Haus –

Professor Rubek *nachsichtig lächelnd.* Eigentlich sollten wir wohl sagen: in unserm neuen hübschen *Heim.*

Frau Maja *kurz.* Ich sage lieber *Haus.* Bleiben wir dabei.

Professor Rubek *läßt seinen Blick auf ihr ruhen.* Du bist im Grund ein wunderliches Persönchen.

Frau Maja. Bin ich so wunderlich?

Professor Rubek. Ja, wirklich.

Frau Maja. Aber warum denn? Etwa, weil ich nicht gerade übermäßige Lust dazu habe, hier oben herumzubummeln und die Zeit totzuschlagen –?

Professor Rubek. Wer von uns wollte denn für sein Leben gern diesen Sommer nach Norden reisen?

Frau Maja. Nun ja, ich.

Professor Rubek. Ja, – ich wahrhaftig nicht.

Frau Maja. Aber, mein Gott, – wer konnte auch ahnen, daß sich hier bei uns alles so furchtbar verändert hätte! Und noch dazu in so kurzer Zeit! Wenn man bedenkt, daß es noch nicht viel mehr als vier Jahre her ist, seit ich von hier fortgegangen –

Professor Rubek. – als verheiratete Frau, ja.

Frau Maja. – verheiratete Frau? Was sollte *das* damit zu tun haben?

Professor Rubek *fortfahrend.* – und seit Du Frau Professor geworden bist und ein prächtiges Heim bekommen hast – Verzeihung – ein herrschaftliches Haus, muß ich wohl sagen, – und eine Villa am Taunitzer See, wo ja nun alles aufs feinste hergerichtet ist –. Ja, *zu* fein und prächtig, Maja, darf ich dreist sagen. Und Platz ist auch. Wir brauchen einander nicht immer so auf die Füße zu treten.

Frau Maja *gleichgültig.* Nein, nein, nein, – Platz im Haus und so weiter – daran fehlt's ja durchaus nicht –

Professor Rubek. Und dann auch, daß Du in feinere und größere Verhältnisse überhaupt gekommen bist. In gebildeteren Verkehr, als Du zu Hause gewohnt warst.

Frau Maja *ihn anblickend.* Nun ja, also nach Deiner Ansicht habe *ich* mich verändert?

Professor Rubek. In der Tat, Maja.

Frau Maja. Nur ich? Und die Leute hier nicht?

Professor Rubek. O ja, die auch, – so ein bißchen. Liebenswürdiger sind sie nicht gerade geworden. Das kann ich getrost zugeben.

Frau Maja. Das glaub' ich wohl auch.

Professor Rubek *schlägt einen andern Ton an.* Weißt Du, in welche Stimmung ich komme, wenn ich das Leben der Leute hier um mich her betrachte?

Frau Maja. Nein. Sag' doch.

Professor Rubek. Da kommt mir die Nacht in den Sinn, als wir mit der Eisenbahn hier herauf fuhren –

Frau Maja. Da hast Du ja doch im Coupé geschlafen.

Professor Rubek. Nicht ganz. Ich merkte, wie still es auf einmal wurde an den vielen kleinen Haltestellen –. Ich *hörte* die Stille, – wie Du, Maja –

Frau Maja. Hm, – wie ich, ja.

Professor Rubek. Und ich begriff, daß wir nun über die Grenze gekommen waren. Jetzt waren wir richtig zu Hause. Denn an all diesen kleinen Haltestellen hielt der Zug, – obwohl von Verkehr keine Rede war.

Frau Maja. Aber warum hielt er denn? Wenn nichts los war?

Professor Rubek. Weiß nicht. Kein Reisender stieg aus und keiner stieg ein. Aber der Zug, der hielt trotzdem eine lange, endlose Zeit. Und auf jeder Station hörte ich zwei Männer auf dem Perron auf und ab gehen, – der eine hatte eine Laterne in der Hand, und sie sprachen miteinander, gedämpft, klanglos, nichtssagend in die Nacht.

Frau Maja. Ganz recht. Immer gehen da so ein paar Männer auf und ab und sprechen zusammen –

Professor Rubek. – von nichts. *In lebhafterem Ton.* Aber wart' nur bis morgen. Da haben wir den großen bequemen Dampfer hier im Hafen. Dann gehen wir an Bord und fahren die Küste entlang, immer weiter nach Norden, – bis hinauf zum Eismeer.

Frau Maja. Aber dann siehst Du ja nichts von Land – und Leben. Und das wolltest Du doch gerade.

Professor Rubek *kurz, unwillig.* Ich habe mehr als genug gesehen.

Frau Maja. Meinst Du, eine Seereise würde Dir besser bekommen?

Professor Rubek. Es ist jedenfalls einmal eine Abwechselung.

Frau Maja. Ja, ja; wenn es nur *Dir* gut bekommt –

Professor Rubek. Mir? Gut? Mir fehlt doch aber gar nichts.

Frau Maja *steht auf und tritt, zu ihm.* Doch, Dir fehlt etwas, Rubek. Das mußt Du doch selbst fühlen.

Professor Rubek. Aber, liebste Maja, – was denn?

Frau Maja *hinter ihm, beugt sich über die Stuhllehne vor.* Ja, das mußt *Du* mir sagen. Du gehst seit einiger Zeit umher ohne Rast und Ruh'. Nirgends hält's Dich fest. Zu Hause nicht und nicht draußen. Ganz menschenscheu bist Du mit der Zeit geworden.

Professor Rubek *etwas spöttisch.* Nein, – daß *Du das* bemerkt hast?

Frau Maja. Das kann doch keinem entgehen, der Dich kennt. Und dann find' ich es so traurig, daß Du die Lust zum Arbeiten verloren hast.

Professor Rubek. Hab' ich *das* auch?

Frau Maja. Wenn man bedenkt, wie Du früher so unermüdlich arbeiten konntest, – von Morgen bis Abend.

Professor Rubek *verdüstert.* Ja *früher* –.

Frau Maja. Aber seit Dir Dein großes Meisterwerk glücklich gelungen –

Professor Rubek *nickt nachdenklich.* Der »Auferstehungstag« –

Frau Maja. – und über die ganze Welt gegangen ist und Dich so berühmt gemacht hat –

Professor Rubek. *Das* ist vielleicht das Unglück dabei, Maja.

Frau Maja. Wieso?

Professor Rubek. Als ich dies mein Meisterwerk geschaffen hatte – *mit einer heftigen Handbewegung* – denn der »Auferstehungstag« *ist* ein Meisterwerk! Oder *war* es doch im Anbeginn. Nein, *ist* es noch. *Soll, soll, soll* ein Meisterwerk sein.

Frau Maja *blickt ihn verwundert an.* Ja, Rubek, – das weiß ja doch die ganze Welt.

Professor Rubek *kurz und abweisend.* Nichts weiß die ganze Welt. Nichts versteht sie.

Frau Maja. Nun, so ahnen sie doch zum mindesten etwas –

Professor Rubek. – was gar nicht *da ist*, ja. Was mir nie im Sinn gelegen hat. Siehst *Du, darü*ber fallen sie in Verzückungen. *Brummt vor sich hin.* Es ist nicht der Mühe wert, sich so immerfort abzurackern für den Mob und die Masse – und diese »ganze Welt«.

Frau Maja. Hältst Du es da für besser – oder, sagen wir, *Deiner* würdiger, hier und da nur so im Vorübergehen eine Porträtbüste zu machen?

Professor Rubek *lächelt launig.* Wenn es nur richtige Porträtbüsten wären, was ich da mache, Maja!

Frau Maja. Aber was denn sonst, weiß der liebe Himmel! – So in den letzten zwei, drei Jahren – seit Du Deine große Gruppe fertig und aus dem Hause hattest –

Professor Rubek. Es sind trotzdem keine eigentlichen Porträtbüsten, sag' ich Dir.

Frau Maja. Was denn sonst?

Professor Rubek. Es liegt etwas Verdächtiges, etwas Verstecktes in und hinter diesen Büsten, – etwas Heimliches, was die Menschen nicht sehen können –

Frau Maja. So?

Professor Rubek *überlegen.* Nur *ich* kann es sehen. Und dabei amüsiere ich mich so köstlich. – Von außen zeigen sie jene »frappante Ähnlichkeit«, wie man es nennt, und wovor die Leute mit offenem Munde dastehen und staunen, – *läßt die Stimme sinken* – aber in ihrem tiefsten Grund sind es ehrenwerte, rechtschaffene Pferdefratzen und störrische Eselsschnuten und hängohrige, niedrigstirnige Hundeschädel und gemästete Schweinsköpfe, – und blöde, brutale Ochsenkonterfeis sind auch drunter –

Frau Maja *gleichgültig.* – all unsere lieben Haustiere also.

Professor Rubek. Sehr richtig, Maja. All diese lieben Tiere, die der Mensch nach seinem Bilde verpfuscht hat. Und die den Menschen dafür wieder verpfuscht haben. *Leert sein Champagnerglas und lacht.* Und diese hinterlistigen Kunstwerke bestellen nun die biederen, zahlungsfähigen Leute bei mir. Und kaufen sie in gutem Glauben – und zu hohen Preisen. Wiegen sie schier mit Gold auf, wie man zu sagen pflegt.

Frau Maja *schenkt ihm ein.* Pfui, Rubek! Komm, trink und sei vergnügt.

Professor Rubek *streicht sich ein paarmal über die Stirn und lehnt sich im Stuhl zurück.* Ich bin vergnügt, Maja. Wirklich vergnügt. In gewisser Hinsicht wenigstens. Schweigt einen Augenblick. Denn es ist doch immerhin ein Glück, sich nach allen Seiten hin frei und unabhängig zu fühlen. Vollauf alles zu haben, was man sich nur wünschen mag. Äußerlich wenigstens. Findest Du das nicht auch, Maja?

Frau Maja. O ja, gewiß. Das ist ja schon sehr viel. Blickt ihn. an. Aber hast Du vergessen, was Du mir an dem Tag versprochen, als wir über - über diese schwierige Sache einig wurden -

Professor Rubek *nickt.* - über unsere Heirat, meinst Du. Der Schritt wurde Dir ja etwas schwer, Maja.

Frau Maja *unbeirrt fortfahrend.* - und darüber, daß ich mit Dir ins Ausland reisen und dort für immer wohnen - und es gut haben sollte. - Weißt Du noch, was Du mir damals versprochen hast?

Professor Rubek *schüttelt den Kopf.* Nein, ich weiß es wirklich nicht mehr. Nun, was hab' ich Dir denn versprochen?

Frau Maja. Du sagtest, Du wolltest mich mitnehmen auf einen hohen Berg und mir alle Herrlichkeit der Welt zeigen.

Professor Rubek *stutzig.* Wirklich? Das hab' ich auch *Dir* versprochen?

Frau Maja *blickt ihn an.* Auch mir? Wem denn sonst noch?

Professor Rubek *gleichgültig.* Nein, nein, ich meine nur, hab' ich Dir das versprochen -?

Frau Maja. - alle Herrlichkeit der Welt, jawohl. Und diese ganze Herrlichkeit, sagtest Du, sollte mir und Dir gehören.

Professor Rubek. Das war eine Redensart, die ich früher so im Munde führte.

Frau Maja. Bloß eine Redensart?

Professor Rubek. Ja, noch eine von der Schulzeit her. So eine, womit ich die Nachbarskinder lockte, wenn ich sie mit mir hinaus zum Spielen in Berg und Wald haben wollte.

Frau Maja *blickt ihn fest an.* Wolltest Du vielleicht auch *mich* nur so hinauslocken, um dann mit mir zu spielen?

Professor Rubek *schlägt einen scherzhaften Ton an.* Nun, hast Du Dich denn nicht trotzdem ganz gut amüsiert bei dem Spiel, Maja?

Frau Maja *kalt.* Ich bin nicht mit Dir gegangen, bloß um zu spielen.

Professor Rubek. Nein, nein, das glaub' ich schon.

Frau Maja. Und Du nahmst mich auch nie mit Dir auf einen hohen Berg und zeigtest mir –

Professor Rubek *gereizt.* – alle Herrlichkeit der Welt? Nein, allerdings nicht. Denn ich will Dir etwas verraten: Du bist nicht eigentlich zum Bergsteiger geschaffen, kleine Maja.

Frau Maja *sucht sich zu beherrschen.* Du schienst es doch einmal zu glauben.

Professor Rubek. So vor vier, fünf Jahren, ja. *Streckt sich im Stuhl.* Vier, fünf Jahre, – das ist eine lange, lange Zeit, Maja.

Frau Maja *blickt ihn mit bitterem Ausdruck an.* Ist Dir die Zeit gar so lang geworden, Rubek?

Professor Rubek. Sie wird's mir so nach und nach ein wenig. *Gähnt.* So dann und wann.

Frau Maja *geht wieder an ihren Platz hinüber.* Ich werde Dich nicht weiter langweilen. *Sie setzt sich in ihren Stuhl, nimmt die Zeitung und blättert darin.*

Beiderseitiges Schweigen.

Professor Rubek *lehnt sich mit den Ellbogen auf den Tisch zu ihr hinüber und fixiert sie leicht lächelnd.* Fühlen Frau Professor sich gekränkt?

Frau Maja *kalt, ohne aufzublicken.* Nein, durchaus nicht.

Badegäste, meist Damen, kommen einzeln und in Gruppen von rechts und links durch den Park promeniert.

Kellner bringen Erfrischungen vom Hotel und verschwinden damit hinter dem Pavillon.

Der Badeinspektor, Stock und Handschuhe in der Hand, kommt von seinem Rundgang im Park, grüßt verbindlich die ihm begegnenden Gäste und wechselt mit Einzelnen einige Worte.

Der Inspektor *tritt an Professor Rubeks Tisch und zieht höflich den Hut.* Meinen ehrerbietigsten guten Morgen, Frau Professor. – Guten Morgen, Herr Professor.

Professor Rubek. Guten Morgen, guten Morgen, Herr Inspektor.

Der Inspektor *zu Frau Maja.* Darf man fragen, ob die Herrschaften angenehm geruht haben?

Frau Maja. Danke sehr; ganz ausgezeichnet – ich für mein Teil. Ich schlafe nachts immer wie ein Bär.

Der Inspektor. Freut mich außerordentlich. Die erste Nacht am fremden Ort hat oft ihre Unbequemlichkeiten. – Und Sie, Herr Professor –?

Professor Rubek. Ach, mit meinem Schlaf ist es schlecht bestellt. Zumal in letzter Zeit.

Der Inspektor *nimmt eine teilnehmende Miene an.* Ach, – das tut mir leid. Aber seien Sie nur erst ein paar Wochen hier im Bad – und es wird sich geben.

Professor Rubek *blickt zu ihm auf.* Sagen Sie, Herr Inspektor, – haben Sie unter Ihren Patienten jemand, der zur Nachtzeit Bäder nehmen muß?

Der Inspektor *verwundert.* Zur Nachtzeit? Davon ist mir nichts bekannt.

Professor Rubek. Nicht?

Der Inspektor. Meines Wissens ist hier niemand so krank, das er *das* nötig haben sollte.

Professor Rubek. Nun, aber dann ist wenigstens jemand bei Ihnen, der nachts im Park spazieren geht?

Der Inspektor *lächelt und schüttelt den Kopf.* Nein, Herr Professor – das wäre gegen das Reglement.

Frau Maja *ungeduldig werdend.* Mein Gott, Rubek, – wie ich Dir heute morgen schon gesagt habe, – Du hast eben geträumt.

Professor Rubek *trocken.* So? Wirklich? Geträumt? *Zum Inspektor.* Ich stand nämlich heute nacht auf, da ich nicht einschlafen konnte, und wollte nachsehen, was das Wetter macht –

Der Inspektor *aufmerksam.* Jawohl, Herr Professor? Nun, und –?

Professor Rubek. Und da schaue ich aus dem Fenster – und sehe eine helle Gestalt draußen unter den Bäumen wandeln.

Frau Maja *lächelnd zum Inspektor.* Und ferner will Rubek gesehen haben, daß die Gestalt im Badekostüm war.

Professor Rubek. – oder in so etwas Ähnlichem. Ich könnt' es nicht so genau unterscheiden. Aber etwas Weißes war es jedenfalls.

Der Inspektor. Höchst merkwürdig. War es ein Herr oder eine Dame?

Professor Rubek. Ich hatte die bestimmte Vorstellung, daß es eine Dame sein müsse. Hinterdrein aber kam noch eine andere Gestalt. Und die war ganz dunkel. Wie ein Schatten –

Der Inspektor *betroffen.* Dunkel? Am Ende schwarz ?

Professor Rubek. Ja, mir kam es fast so vor.

Der Inspektor, *als ob ihm ein Licht aufginge.* Hinter der Weißen? Unmittelbar hinter ihr –?

Professor Rubek. Ja. In einigem Abstand.

Der Inspektor. Aha! Dafür kann ich Ihnen vielleicht eine Erklärung geben, Herr Professor.

Professor Rubek. Nun, was war es denn also ?

Frau Maja *gleichzeitig.* Sollte Rubek wirklich nicht bloß geträumt haben?

Der Inspektor *plötzlich im Flüsterton, indem er nach dem Hintergrund rechts deutet.* Pst, meine Herrschaften! Sehen Sie dort hin. – Sprechen Sie jetzt nicht laut von dieser Sache, bitte.

Eine schlanke Dame, in feinen cremefarbenen Kaschmir gekleidet, kommt, begleitet von einer Diakonissin, die schwarz angezogen ist und auf der Brust ein silbernes Kreuz an einer Kette trägt, hinter der Ecke des Hotels hervor und geht durch den Park nach dem Pavillon links im Vordergrund hinüber. Ihr Gesicht ist bleich, die Züge sind wie erstarrt; die Augenlider gesenkt, die Augen scheinbar ohne Sehkraft. Ihr Gewand fällt lang herab und umschließt in geraden Längsfalten ihren Körper. Über Kopf, Nacken, Brust, Schultern und Armen trägt sie einen großen weißen Kreppschal. Unbewegliche Haltung. Steife abgemessene Schritte. Die Haltung der Diakonissin ist ebenfalls gemessen und wie die einer Dienerin. Sie folgt der Dame unverwandt mit ihren braunen stechenden Augen. Kellner, mit der Serviette auf dem Arm, zeigen sich in den Türen des Hotels und gucken neugierig den beiden Fremden nach. Diese achten auf nichts und verschwinden, ohne den Blick zur Seite zu wenden, in dem Pavillon.

Professor Rubek *hat sich unwillkürlich langsam von seinem Stuhl erhoben und starrt auf die geschlossene Tür des Pavillons.* Wer war die Dame?

Der Inspektor. Eine Fremde, die den kleinen Pavillon da gemietet hat.

Professor Rubek. Eine Ausländerin?

Der Inspektor. Es scheint so. Jedenfalls sind beide vom Ausland zugereist. Vor einer Woche etwa. Sie sind bisher noch nicht hier gewesen.

Professor Rubek *ihn anblickend, bestimmt.* Die und keine andere hab' ich heut nacht im Park gesehen.

Der Inspektor. Die war es ganz sicher. Ich habe mir's gleich gedacht.

Professor Rubek. Wie heißt die Dame, Herr Inspektor?

Der Inspektor. Sie hat sich eingetragen als: Madame de Satow mit Gesellschafterin. Mehr wissen wir nicht.

Professor Rubek *denkt nach,* Satow? Satow –?

Frau Maja *lacht spöttisch.* Kennst Du jemand dieses Namens, Rubek? Wie?

Professor Rubek *schüttelt den Kopf.* Nicht daß ich wüßte. – Satow? Das klingt russisch. Oder jedenfalls slawisch. *Zum Inspektor.* Was spricht sie für eine Sprache ?

Der Inspektor. Wenn die beiden Damen zusammen sprechen, so reden sie eine Sprache, aus der ich nicht klug werden kann. Aber sonst spricht sie ein unverfälschtes Norwegisch.

Professor Rubek *erstaunt.* Norwegisch? Irren Sie sich da auch nicht?

Der Inspektor. Nein, darin kann ich mich doch nicht irren.

Professor Rubek *blickt ihn gespannt an.* Sie haben es selbst gehört?

Der Inspektor. Ja. Ich habe selbst mit ihr gesprochen. Ein paarmal. Übrigens nur ein halb Dutzend Worte. Denn sie ist sehr schweigsam. Aber –

Professor Rubek. – norwegisch war es?

Der Inspektor. Reines, gutes Norwegisch. Sagen wir, mit einem ganz leichten Stich ins Nordnorwegische.

Professor Rubek *starrt betroffen vor sich hin, flüsternd.* Auch das.

Frau Maja *etwas pikiert und unangenehm berührt.* Vielleicht hat Dir die Dame einmal Modell gestanden, Rubek? Denk mal nach.

Professor Rubek *blickt sie durchdringend an.* Modell!

Frau Maja *mit einem herausfordernden Lächeln.* Nun ja, in Deinen jüngeren Jahren. Du sollst ja so unzählig viele Modelle gehabt haben. Dazumal, natürlicherweise.

Professor Rubek *im selben Ton.* Ach nein, meine kleine Frau Maja. Ich hab' im Grunde immer nur ein einziges Modell gehabt. Ein einziges – zu allem, was ich geschaffen habe.

Der Inspektor, *der sich abgewendet und nach links hinüber gesehen hat.* Ja, jetzt werd' ich mich wohl leider empfehlen müssen. Denn ein Rencontre mit dem Herrn, den ich da sehe, gehört nicht gerade zu den ausgesuchten Annehmlichkeiten. Besonders nicht in Gegenwart von Damen.

Professor Rubek *blickt ebenfalls nach links.* Sie meinen den Jäger, der da kommt? Wer ist das?

Der Inspektor. Gutsbesitzer Ulfheim –

Professor Rubek. So, Gutsbesitzer Ulfheim.

Der Inspektor. – der Bärentöter, wie man ihn nennt.

Professor Rubek. Den kenne ich.

Der Inspektor. Ja, wer sollte den nicht kennen?

Professor Rubek. Nur ganz flüchtig übrigens. Ist der nun endlich auch Ihr Patient geworden?

Der Inspektor. Nein, merkwürdig genug, noch immer nicht. Er kehrt nur einmal im Jahr hier ein, – wenn er nach den Bergen unterwegs ist, zur Jagd. Aber entschuldigen Sie – *Will ins Hotel ab.*

Ulfheims Stimme *von außen.* So warten Sie doch 'n bißchen! Warten Sie doch, zum Teufel noch einmal! Warum rennen Sie denn immer vor mir weg?

Der Inspektor *bleibt stehen.* Ich renne ja gar nicht, Herr Gutsbesitzer.

Gutsbesitzer Ulfheim kommt von links herein, begleitet von einem Diener, der eine Koppel Jagdhunde führt. Ulfheim trägt, einen Jagdanzug, Schaftstiefel und einen Filzhut mit Feder. Er ist eine magere, lange, sehnige Erscheinung, mit wirrem Haar und Bart, lauter Stimme, und, seinem Aussehen nach, von unbestimmbarem Alter, doch nicht mehr jung.

Ulfheim *fährt den Inspektor an.* Ist *das* eine Art, Fremde zu empfangen, wie? Sie kneifen ja aus, den Schwanz zwischen den Hinterbeinen, – als ob Ihnen der Teufel auf den Fersen wäre.

Der Inspektor *ruhig, ohne ihm darauf zu antworten.* Sind der Herr Gutsbesitzer mit dem Dampfer gekommen?

Ulfheim *brummend.* Hatte nicht die Ehre, irgend eines Dampfers ansichtig zu werden. *Die Hände in den Seiten.* Wissen Sie nicht, daß ich auf meinem eigenen Kutter fahre? *Zu seinem Diener.* Sorg' gut für Deine Mitkreaturen, Lars. Aber paß auf, daß sie mir trotzdem noch hungrig bleiben. Frische Knochen, doch mit nicht zu viel Fleisch dran, verstanden. Und daß es noch gehörig roh ist und von Blut raucht! Und dann schlag Dir auch selber was in den Wanst. *Mit einem Fußtritt nach ihm hin.* So, – und nun zum Teufel mit Dir! *Der Diener ab mit den Hunden um die Ecke des Hotels.*

Der Inspektor. Wollen der Herr unterdessen nicht in den Speisesaal gehen?

Ulfheim. Da zu diesen halbtoten Fliegen und Menschen hinein? Nein, dafür dank' ich schönstens, Herr Inspektor.

Der Inspektor. Ganz wie Sie belieben.

Ulfheim. Aber lassen Sie wie gewöhnlich die Jungfer den Proviant für mich zurecht machen. Reichlich zu essen. Und tüchtig Branntwein! Sagen Sie ihr nur, daß ich oder der Lars wie ein Donnerwetter über sie herfalle, wenn sie nicht –

Der Inspektor *unterbricht ihn.* Wir wissen von früher her Bescheid. *Sich nach der andern Seite wendend.* Soll ich dem Kellner irgend was bestellen, Herr Professor? Oder vielleicht von der gnädigen Frau.

Professor Rubek. Nein, danke sehr – von mir nicht.

Frau Maja. Von mir auch nicht.

Der Inspektor ab ins Hotel.

Ulfheim *fixiert die beiden einen Augenblick; dann zieht er den Hut.* Kreuzbombenelement! Hier hat sich wohl ein Bauernköter in pikfeine Gesellschaft verirrt?

Professor Rubek *blickt auf.* Was meinen Sie damit, Herr Ulfheim?

Ulfheim *ruhiger und manierlicher.* Ich scheine da vor Herrn Bildhauer Rubek in höchsteigner Person geraten zu sein.

Professor Rubek *nickt.* Wir haben uns ein paarmal in Gesellschaften getroffen. Den letzten Herbst, den ich hier oben war.

Ulfheim. Ja, vor langen Jahren. Und zu *der* Zeit war Ihr Name auch noch nicht so bekannt wie jetzt. Denn *damals* durfte sogar ein ruppiger Bärenjäger sich in Ihre Nähe wagen.

Professor Rubek *lächelt.* Ich beiße auch jetzt noch nicht.

Frau Maja *blickt Ulfheim interessiert an.* Sie sind wirklich ein richtiger Bärenjäger?

Ulfheim *setzt sich an den benachbarten Tisch, der dem Hotel etwas näher steht.* Am liebsten geh' ich auf Bären. Sonst aber nehm' ich auch mit jeder Art Wild vorlieb, das mir vor den Lauf kommt. Ob's nun Adler sind oder Wölfe oder Weibsleute oder Elche oder Rentiere. – Nur frisch müssen sie sein und saftig und vollblütig. *Tut einen Trunk aus der Jagdflasche.*

Frau Maja *betrachtet ihn unverwandt.* Am liebsten aber gehen Sie auf Bären?

Ulfheim. Ja, das am liebsten. Denn da kann man so schön sein Messer brauchen, wenn man in die Klemme kommt – *lächelt leicht.* – Wir arbeiten in einem harten Material, wir zwei beide, Gnädige, – sowohl ich wie Ihr Mann. Er hat den Marmor, an dem er sich abschinden muß, wie ich mir's so vorstelle. Und ich schind' mich ab an krampfhaft zitternden Bärensehnen. Und beide kriegen wir dann das Material schließlich unter. Machen uns zum Herrn und Meister darüber. Geben nicht eher nach, als bis wir den hartnäckig widerstrebenden Stoff bezwungen haben.

Professor Rubek *nachdenklich vor sich hin.* Das ist gar nicht so unrichtig, was Sie da sagen.

Ulfheim. Na ja, denn der Stein wird wohl auch wissen, warum er widerstrebt. Er ist tot und will sich mit aller Gewalt nicht lebendig hämmern lassen. Akkurat wie der Bär, wenn einer kommt und ihn in seinem Lager aufstört.

Frau Maja. Wollen Sie jetzt hinauf in die Wälder und jagen?

Ulfheim. Ganz bis oben hinauf will ich. – Sie sind wohl nie im Hochgebirg' gewesen, Gnädige?

Frau Maja. Nein, niemals.

Ulfheim. Donnerwetter, so nehmen Sie's diesen Sommer wahr! Sie können sich mir ja anschließen. Sie mit Ihrem Herrn Gemahl, – immerzu.

Frau Maja. Sehr freundlich. Aber Rubek hat eine Seereise vor.

Professor Rubek. Eine Küstenfahrt innerhalb der Schären.

Ulfheim. Pfui Teufel, – was wollen Sie denn in dem verdammten, stinkigen Rinnstein! Ihre Zeit totschlagen im Brackwasser? Brechwasser wär' eine bessere Bezeichnung dafür.

Frau Maja. Da hörst Du's, Rubek.

Ulfheim. Kommen Sie doch lieber mit ins Gebirg' hinauf. Da ist's menschenfrei und menschenrein. Sie glauben gar nicht, was *das* für *mich* heißt. Freilich, so ein kleines Frauchen – *hält inne. Die Diakonissin kommt aus dem Pavillon und geht ins Hotel.*

Ulfheim *folgt ihr mit den Augen.* Sehen Sie mal die da! Den schwarzen Vogel! – Wer soll denn begraben werden?

Professor Rubek. Meines Wissens ist hier niemand –

Ulfheim. Na, dann liegt hier jemand am Krepieren. In irgend einem Winkel. Diese Kranken und Siechen, die sollten sich doch gefälligst begraben lassen – und das so schnell wie möglich.

Frau Maja. *Sie* sind niemals krank gewesen, Herr Ulfheim?

Ulfheim. Nein. Sonst säß' ich nicht hier –. Aber meine besten Freunde – *die* sind oft krank gewesen, die armen Schlucker.

Frau Maja. Und was haben Sie da mit ihnen gemacht?

Ulfheim. Erschossen hab' ich sie natürlich.

Professor Rubek *blickt ihn an.* Erschossen?

Frau Maja *rückt ihren Stuhl zurück.* Totgeschossen?

Ulfheim *nickt.* Ich schieße nie vorbei, meine Gnädige.

Frau Maja. Aber Menschen – wie können Sie die denn einfach totschießen?

Ulfheim. Menschen –? Davon red' ich ja gar nicht –

Frau Maja. Sie sagten doch – Ihre besten Freunde –

Ulfheim. Meine besten Freunde, das sind doch wohl meine Hunde.

Frau Maja. Ihre Hunde –?

Ulfheim. Ich hab' keine besseren, – als diese meine ehrlichen, treuen, grundbraven Jagdkameraden –. Wird einer von denen krank und schwach, dann – puff! Und der Freund ist hinüberspediert ins Jenseits.

Die Diakonissin kommt aus dem Hotel mit einem Tablett, worauf Milch und Brot, und stellt sie auf den Tisch vor dem Pavillon, in dem sie wiederum verschwindet.

Ulfheim *verächtlich.* Das da, – das soll Speise für Menschen sein! Wässrige Milch und weiches, klitschiges Brot. Nein – meine Freunde – die sollten Sie fressen sehen! Haben Sie nicht Lust, sich die Sache mal anzuschauen?

Frau Maja *lächelt ihrem Manne zu und steht auf.* Ja, warum nicht.

Ulfheim *steht auch auf.* Bravo! Sie sind eine Dame, meine Gnädige, die Schneid' hat. Also kommen Sie. Große, dicke Knochen schlingen die Kerle ganz hinunter. Würgen sie wieder aus und schlingen sie abermals. Eine Wonne, sag' ich Ihnen, das mitanzusehen. Und dann wollen wir auch von der Gebirgstour noch ein Wörtchen reden –. *Ab um die Ecke des Hotels. Frau Maja folgt ihm.*

Fast im gleichen Augenblick tritt die fremde Dame aus dem Pavillon heraus und setzt sich an den Tisch.

Die Fremde führt ihr Glas zum Munde, um zu trinken, hält aber mitten darin inne und blickt mit leeren, ausdruckslosen Augen auf Rubek.

Professor Rubek *bleibt an seinem Tisch sitzen und starrt sie ernst und unverwandt an. Endlich steht er auf, macht ein paar Schritte auf sie zu, bleibt stehen und sagt leise:* Ich erkenne Dich gar wohl, Irene.

Die Dame *mit klangloser Stimme, während sie das Glas hinstellt.* Du errätst, wer ich bin, Arnold?

Professor Rubek *einer Antwort ausweichend.* So erkennst Du mich also auch?

Die Dame. Mit Dir ist das etwas ganz anderes.

Professor Rubek. Weshalb – mit mir?

Die Dame. Weil *Du* noch lebendig bist.

Professor Rubek, *sie nicht begreifend.* Lebendig –?

Die Dame *fast gleichzeitig.* Wer war die andere? Die Du da bei Dir hattest – dort am Tisch?

Professor Rubek *ein wenig zögernd.* Die? Meine – meine Frau.

Die Dame *nickt langsam.* So. Das ist gut, Arnold. Also eine, die mich nichts angeht –

Professor Rubek *unsicher.* Nein, das versteht sich doch –

Die Dame. – eine also, die Du nach meinem Tode zu Dir genommen hast.

Professor Rubek *sieht sie plötzlich starr an.* Nach Deinem –? Wie meinst Du das, Irene?

Irene *einer Antwort ausweichend.* Und das Kind? Dem geht's ja auch gut. Unser Kind überlebt mich. In Herrlichkeit und Ehren.

Professor Rubek *lächelt wie in einer fernen Erinnerung.* Unser Kind, – ja, so nannten wir's wohl – dazumal.

Irene. Zu meinen Lebzeiten.

Professor Rubek *sucht einen munteren Ton anzuschlagen.* Ja, ja, Irene, – jetzt ist »unser Kind« in der ganzen weiten Welt berühmt. Du hast doch gewiß darüber gelesen, nicht?

Irene *nickt.* Und hat auch seinen Vater berühmt gemacht. – Davon hast Du immer geträumt.

Professor Rubek *leise, bewegt.* Dir allein schuld' ich alles, alles, Irene. Hab' Dank dafür.

Irene *grübelt nach.* Wenn ich damals mein gutes Recht geübt hätte, Arnold –

Professor Rubek. Nun? Was hättest Du dann getan?

Irene. Ich hätte das Kind getötet.

Professor Rubek. Getötet, sagst Du!

Irene *flüsternd.* Getötet, – bevor ich Dich verließ. Zertrümmert. Zu Staub zertrümmert.

Professor Rubek *schüttelt vorwurfsvoll den Kopf.* Das hättest Du nicht vermocht, Irene. Das hättest Du nicht übers Herz gebracht.

Irene. Nein, damals hatte ich nicht das Herz zu so einer Tat.

Professor Rubek. Aber später? Hinterher?

Irene. Hinterher hab' ich es unzählige Male getötet. Am hellerlichten Tage und im Dunkel der Nacht. Getötet in Haß – und Rache – und Qual.

Professor Rubek *tritt ganz an den Tisch heran und fragt leise:* Irene, – nun sag' mir endlich einmal –nach so vielen Jahren, – | warum Du mich damals verlassen hast und so spurlos davongingst und nicht mehr zu finden warst –?

Irene *schüttelt langsam den Kopf.* Ach, Arnold, – wozu Dir das sagen – nun, da ich hinüber bin.

Professor Rubek. Warst Du vielleicht in einen andern verliebt?

Irene. Nur in einen, und der brauchte meine Liebe nicht. Der brauchte mein Leben nicht mehr.

Professor Rubek *ablenkend.* Hm, – lassen wir die Vergangenheit ruhen –.

Irene. Ja, ja, nur ruhen lassen, was jenseits liegt. Was jetzt für mich jenseits heißt.

Professor Rubek, Wo bist Du nur gewesen,

Irene? So viel ich auch nach Dir forschte, – Du warst wie von der Erde verschluckt.

Irene. Ich ging ins Dunkel, – als das Kind im Lichte der Verklärung stand.

Professor Rubek. Bist Du viel in der Welt herumgezogen ?

Irene. Ja. In vielen Reichen und Ländern.

Professor Rubek *blickt sie teilnehmend an.* Und was hast Du getrieben, Irene?

Irene *richtet die Augen auf ihn.* Wart' einen Augenblick; laß mich nachdenken. – Ja, jetzt hab' ich's. In Variétés hab' ich auf der Drehscheibe gestanden, – als nackte Statue gestanden in lebenden Bildern. Und viel Geld eingestrichen. Das war ich von Dir her nicht gewohnt – Du hattest keins. – Und dann bin ich zusammengewesen mit Mannsleuten, denen ich den Kopf verdrehen konnte. – Das war ich auch nicht gewohnt von Dir her, Arnold. *Du* bist standhafter gewesen.

Professor Rubek *an der Frage vorbeieilend.* Und dann hast Du Dich verheiratet?

Irene. Ja; mit einem von ihnen.

Professor Rubek. Wer ist Dein Mann?

Irene. Er war ein Südamerikaner. Ein hoher Diplomat. *Blickt mit einem versteinerten Lächeln ins Leere.* Den macht' ich schließlich ganz verrückt, ganz toll, – heillos, unsinnig toll. Du, – das war höchst spaßhaft im Anfang. Ich hätte immerfort lachen können, innerlich. – Wenn ich da drinnen noch etwas *gehabt* hätte.

Professor Rubek. Und wo ist er jetzt?

Irene. Irgendwo da unten auf einem Kirchhof. Über sich ein hohes stattliches Monument. Und in seiner Hirnschale eine klappernde Bleikugel.

Professor Rubek. Hat er sich selbst – ?

Irene. Ja. Es beliebte ihm, mir zuvorzukommen.

Professor Rubek. Trauerst Du nicht um ihn, Irene?

Irene *verständnislos.* Trauern? – Um wen?

Professor Rubek, Nun, um Herrn von Satow.

Irene. Er hieß nicht Satow.

Professor Rubek. Nicht?

Irene. Mein zweiter Mann heißt so. Ein Russe –

Professor Rubek. Und wo ist *der?*

Irene. Weit von hier, im Ural. Bei seinen Goldminen.

Professor Rubek. *Da* lebt er also?

Irene *zuckt die Achseln.* Lebt? Lebt? Eigentlich hab' ich ihn getötet.

Professor Rubek *fährt zusammen.* Getötet –!

Irene. Jawohl, mit einem kleinen spitzen Dolch, den ich immer bei mir im Bett habe –

Professor Rubek *leidenschaftlich.* Ich glaube Dir nicht, Irene!

Irene *lächelt sanft.* Du kannst es ruhig glauben, Arnold.

Professor Rubek *blickt sie teilnehmend an.* Hast Du nie Kinder gehabt?

Irene. O ja, viele.

Professor Rubek. Und wo sind *die* jetzt?

Irene. Ich hab' sie getötet.

Professor Rubek *streng*. Jetzt lügst Du wieder.

Irene. Ich hab' sie getötet. Wenn ich's Dir sage! So recht mit Inbrunst gemordet. Sowie sie zur Welt kamen. Oder schon früher, viel früher. Eins nach dem andern.

Professor Rubek *gepreßt, ernst*. Es liegt ein verborgener Sinn in allem, was Du sprichst.

Irene. Was kann ich dafür? Jedes Wort, das ich Dir sage, wird mir ins Ohr geflüstert.

Professor Rubek. Ich glaube, ich bin der einzige, der den Sinn ahnt.

Irene. Der wirst Du wohl sein.

Professor Rubek *stützt sich mit den Händen auf den Tisch und blickt ihr tief in die Augen*. Es sind Saiten in Dir gesprungen, Irene.

Irene *weich*. Das ist wohl immer so, wenn ein junges heißblütiges Weib stirbt,

Professor Rubek. Aber Irene, mach' Dich doch frei von diesen verworrenen Vorstellungen –! Du lebst ja! Du lebst – lebst!

Irene *erhebt sich langsam und sagt bebend*: Ich war tot, jahrelang. Sie kamen und banden mich. Sie schnürten mir die Arme auf dem Rücken zusammen. – Und dann senkten sie mich hinab in eine Gruft. Die war mit Eisenstangen vergittert und hatte gepolsterte Wände, – so daß oben auf Erden niemand den Schrei der Begrabenen hören konnte –. – Doch jetzt fang' ich nach und nach an, wieder von den Toten aufzuerstehen. *Setzt sich wieder.*

Professor Rubek *nach kurzer Pause*. Hältst Du mich für den Schuldigen?

Irene. Ja.

Professor Rubek. Für schuld daran, – was Du Deinen Tod nennst?

Irene. Für schuld daran, daß ich sterben mußte. *Schlägt einen gleichgültigen Ton an.* Warum nimmst Du nicht Platz, Arnold?

Professor Rubek. Darf ich?

Irene. Ja. – Du wirst nicht erfrieren – hab' keine Angst. Denn so richtig zu Eis geworden, glaub' ich, bin ich noch immer nicht.

Professor Rubek *rückt einen Stuhl an den Tisch und setzt sich.* So, Irene. Jetzt sind wir zwei wieder beieinander wie in alten Tagen.

Irene. Und in einem gewissen Abstand voneinander. Auch wie in alten Tagen.

Professor Rubek *rückt näher.* Das mußte damals so sein.

Irene. Mußte?

Professor Rubek *in entschiedenem Ton.* Jawohl, es *mußte* ein gewisser Abstand zwischen uns sein.

Irene. So, mußte das wirklich sein, Arnold?

Professor Rubek *fährt fort.* Weißt Du noch, was Du mir für eine Antwort gabst auf meine Frage, ob Du mir hinausfolgen wolltest in die Ferne?

Irene. Ich streckte drei Finger zum Himmel und gelobte, daß ich Dir folgen wollte bis ans Ende der Welt und bis ans Ende des Lebens. Und Dir dienen in allen Dingen –

Professor Rubek. Als Modell für mein Kunstwerk –

Irene. – in freier, hüllenloser Nacktheit –

Professor Rubek *bewegt.* Und *wie* hast Du mir gedient, Irene, – wie mutig, – wie freudig und rückhaltlos.

Irene. Ja, mit all meiner Jugend pochendem Herzblut diente ich Dir –

Professor Rubek *nickend und mit einem dankbaren Blick.* Das darfst Du mit so gutem Recht sagen.

Irene. – und fiel nieder zu Deinen Füßen und diente Dir, Arnold. *Ballt die Hand gegen ihn.* Aber Du, Du, – Du –!

Professor Rubek *abwehrend.* Ich habe mich nie wider Dich vergangen! Niemals, Irene.

Irene. Doch hast Du das getan! Du hast Dich wider mein innerstes Wesen vergangen.

Professor Rubek *rückt auf seinem Stuhl zurück.* Ich – ?

Irene. Ja, Du! Ich stellte mich Dir zur Schau, wie man sich nur zur Schau stellen kann –. *Leise.* Und nicht ein einziges Mal hast Du mich berührt.

Professor Rubek. Irene, begreifst Du denn nicht, daß ich manchen Tag von all Deiner Schönheit wie von Sinnen war?

Irene *fährt unbeirrt fort.* Und doch, – wenn Du mich berührt hättest, ich glaube, ich hätte Dich auf der Stelle getötet. Denn ich hatte eine spitzige Nadel bei mir – im Haar verborgen – *streicht sich grübelnd über die Stirn.* Nein, aber dennoch – dennoch – daß Du es konntest –

Professor Rubek *blickt sie fest an.* Ich war Künstler, Irene.

Irene. Eben darum.

Professor Rubek. Zuerst und vor allem Künstler. Wie ein Kranker ging ich umher und wollte das große Werk meines Lebens schaffen. Verliert sich in Erinnerung. »Auferstehungstag« sollte es heißen. Und die Auferstehung sollte verkörpert werden in dem Bilde eines jungen Weibes, das aus dem Schlummer des Todes erwacht –

Irene. Unser Kind, ja –

Professor Rubek *fortfahrend.* Sie sollte das edelste, reinste, idealste Weib der Erde sein, die Erwachende. Da fand ich Dich. Dich könnt' ich brauchen in jedem Zuge. Und Du, Du fügtest Dich so gern und froh. Und ließest Familie und Heimat – und folgtest mir.

Irene. Das wurde die Wiederauferstehung meiner Kindheit, daß ich Dir folgte.

Professor Rubek. Gerade darum konnte ich Dich wie keine andere brauchen. Du wurdest mir zu einem hochheiligen Werk der Schöpfung, an das nur in anbetenden Gedanken gerührt werden durfte. Ich war ja doch damals noch jung, Irene. Und mich erfüllte jener Aberglaube: wenn ich Dich berührte, wenn ich Dich in Sinnlichkeit begehrte, so würden meine Gedanken unheilig werden, und ich würde nicht zu Ende schaffen können, was ich so sehnsüchtig schaffen wollte. – Und ich glaube noch heut, es lag etwas Wahres darin.

Irene *nickt mit einem Anflug von Hohn.* Zuerst das Kunstwerk – dann das Menschenkind.

Professor Rubek. Du magst das beurteilen, wie Du willst. Ich jedenfalls habe damals ganz und gar im Banne meiner Aufgabe gestanden und mich dabei so voll jubelnden Glücks gefühlt.

Irene. Und Du hast Deine Aufgabe gelöst, Arnold.

Professor Rubek. Mit Deiner Hilfe, Du Gesegnete, – hab' ich sie gelöst. Das reine Weib sollte aus meiner Schöpferhand hervorgehen, wie es mir bei seinem Erwachen am Auferstehungstage vor Augen

stand. Ohne Verwunderung über irgend etwas Neues oder Unbekanntes oder Ungeahntes. Aber voll einer heiligen Freude darüber, sich selbst unverändert wiederzufinden, – sich, das Weib der Erde, – in den höheren, freieren, froheren Regionen – nach dem langen traumlosen Schlummer des Todes. *Leiser werdend.* So schuf ich es. – Nach Deinem Bilde schuf ich es, Irene.

Irene *legt die Hand flach auf den Tisch und lehnt sich im Stuhl zurück.* Und dann warst Du mit mir fertig –

Professor Rubek *vorwurfsvoll.* Irene!

Irene. – und hattest mich nicht länger nötig –

Professor Rubek. Wie kannst Du nur so sprechen!

Irene. – sahst Dich allmählich nach andern Idealen um –

Professor Rubek. Ich fand keines, keines mehr nach Dir.

Irene. Auch keine andern Modelle, Arnold?

Professor Rubek. *Du* warst kein Modell für mich. Du warst der Urborn meiner Schöpfung.

Irene *schweigt einen Augenblick.* Was hast Du seitdem gedichtet? In Marmor, mein' ich. Seit jenem Tage, als ich von Dir ging?

Professor Rubek. Nichts mehr hab' ich gedichtet seit jenem Tage. Bloß so herumgepusselt und herummodelliert hab' ich.

Irene. Und das Weib, mit dem Du nun zusammenlebst – ?

Professor Rubek *fällt ihr heftig ins Wort.* Sprich jetzt nicht von ihr. Das würde mich umbringen.

Irene. Wohin denkst Du mit ihr zu reisen?

Professor Rubek *müde und abgespannt.* Ich werde wohl eine lange und langweilige Küstenfahrt nach dem Norden machen müssen.

Irene *blickt ihn an, lächelt fast unmerklich und flüstert:* Steig' lieber hinauf ins Gebirge. So hoch Du kommen kannst: höher – immer höher, Arnold.

Professor Rubek *in gespannter Erwartung.* Willst Du da hinauf?

Irene. Hättest Du den Mut, noch einmal mit mir zusammenzutreffen?

Professor Rubek *unsicher, mit sich kämpfend.* Wenn wir das könnten, – das könnten –!

Irene. Warum sollten wir nicht können, was wir wollen? *Sieht ihn an und flüstert bittend, die Hände gefaltet.* Komm, komm, Arnold! Komm hinauf zu mir –!

Frau Maja erscheint, heiter, mit glühenden Wangen, hinter der Ecke des Hotels und eilt auf den Tisch zu, wo sie vorhin gesessen hatte.

Frau Maja *noch an der Ecke, ohne sich umzusehen.* Du magst sagen, was Du willst, Rubek, aber – *bleibt stehen, als sie Irene erblickt.* Ach, entschuldige, – Du hast eine Bekanntschaft gemacht, wie ich sehe.

Professor Rubek *kurz.* Eine Bekanntschaft erneuert. *Steht auf.* Was willst Du denn von mir?

Frau Maja. Nur das wollt' ich Dir sagen, – daß *Du* für Deine Person tun kannst, was Du willst, – aber *ich* fahr' nicht mit auf diesem ekligen Dampfschiff.

Professor Rubek. Warum nicht?

Frau Maja. Weil ich ins Gebirg' hinauf will und in die Wälder, – jawohl, *will. Einschmeichelnd.* Ach, Du mußt mir's erlauben, Rubek! – Ich will auch nachher so lieb, so lieb zu Dir sein!

Professor Rubek. Wer hat Dich auf die Gedanken gebracht?

Frau Maja. Dieser greuliche Bärentöter. Nein, Du kannst Dir gar nicht vorstellen, was der einem alles für wunderliches Zeug vom Gebirge erzählt, vom Leben da oben! Häßlich, greulich, unglaublich widerwärtig ist das meiste, was er da zusammenlügt –. Fast glaub' ich, es *muß* erlogen sein. Aber bei alledem ist's doch so wunderlich verführerisch. Darf ich ihn nicht begleiten? Nur daß ich sehen kann, ob's wahr ist, was er sagt, weißt Du. *Darf* ich, Rubek?

Professor Rubek. Meinetwegen ja. Zieh

Du nur ins Gebirge – so weit Du willst und so lange Du willst. Vielleicht zieh' ich desselben Wegs wie Du.

Frau Maja *rasch.* Nein, nein, nein, das brauchst Du wirklich nicht! *Meinet*halben nicht!

Professor Rubek. Ich *will* aber ins Gebirge. Ich hab' mir's anders überlegt.

Frau Maja. O vielen Dank! Darf ich das gleich dem Bärentöter erzählen?

Professor Rubek. Erzähl' Du dem Bärentöter, so viel Du magst.

Frau Maja. O vielen, vielen Dank! *Will seine Hand ergreifen, er wehrt es ab.* Bist Du aber heut lieb und nett, Rubek!

Eilig ins Hotel ab.

Zugleich öffnet sich ein Spalt der Pavillontür sacht und lautlos. Die Diakonissin steht hinter der Tür spähend auf der Wacht. Niemand sieht sie.

Professor Rubek *bestimmt, zu Irene.* Wir treffen uns also oben?

Irene *erhebt sich langsam.* Bestimmt. – Ich bin so lange auf der Suche nach Dir gewesen.

Professor Rubek. Wann fingst Du an, Dich wieder nach mir umzusehen, Irene?

Irene *mit einem bitteren Zug.* Seit es mir klar wurde, Arnold, daß ich Dir etwas ganz Unersetzliches gegeben hatte. Ein Gut, von dem man sich nie trennen sollte.

Professor Rubek *beugt das Haupt.* Ja, das ist eine schmerzliche Wahrheit. Du gabst mir drei, vier Jahre Deiner Jugend.

Irene. Mehr, viel mehr als *das.* Verschwenderin, die ich damals war!

Professor Rubek. Ja, verschwenderisch warst Du, Irene. Du gabst mir Deine ganze nackte Schönheit –

Irene. – zur Betrachtung –

Professor Rubek. – und zur Verherrlichung.

Irene. Ja, zur Verherrlichung Deiner selbst – und des Kindes.

Professor Rubek. Auch zu Deiner, Irene.

Irene. Aber das kostbarste Geschenk hast Du vergessen.

Professor Rubek. Das kostbarste –? Und das war?

Irene. Ich schenkte Dir meine junge lebendige Seele, – und stand da, mit leerer Brust; – seelenlos. *Blickt ihn starren Auges an.* Daran bin ich gestorben, Arnold.

Die Diakonissin öffnet die Tür ganz und macht ihr Platz. Sie geht in den Pavillon.

Professor Rubek *sieht ihr bestürzt nach; dann flüstert er:* Irene!

Zweiter Akt

Gegend bei einem Hochgebirgs-Sanatorium. Die Landschaft erstreckt sich als ein unermeßliches, baumloses Kammplateau auf einen langen Bergsee zu. Auf der andern Seite des Wassers steigt eine Reihe Hochgebirgskuppen, bläulichen Schnee in den Mulden, empor. Im Vordergrund links rieselt ein Bach in geteilten Streifen eine schroffe Felswand hernieder und fließt von da in ebenem Laufe nach rechts über das Plateau. Buschgestrüpp, Pflanzen und Steine längs des Bachlaufes. Im Vordergrund rechts eine Anhöhe mit einer Steinbank auf ihrem Gipfel. Es ist ein Sommernachmittag kurz vor Sonnenuntergang.

In einiger Entfernung auf dem Plateau jenseits des Baches spielt und tanzt ein Haufe singender kleiner Kinder. Sie sind teils in städtischen Kleidern, teils in Volkstracht. Frohes Lachen ist während des Folgenden gedämpft hörbar.

Professor Rubek sitzt oben auf der Bank, ein Plaid über den Schultern, und sieht dem Spiel der Kinder zu.

Bald darauf taucht Frau Maja zwischen Büschen auf dem Plateau links im Mittelgrund auf und späht, die Augen mit der Hand beschattend, umher. Sie trägt eine flache Touristenmütze, einen kurzen aufgesteckten Rock, der nur bis zur Mitte der Wade reicht, und hohe solide Schnürstiefel. In der Hand hat sie einen langen Gebirgsstock.

Frau Maja *entdeckt endlich Rubek und ruft:* Hallohoi!

Sie kommt über das Plateau nach vorn, springt mit Hilfe des Gebirgsstockes über den Bach und ersteigt die Anhöhe.

Frau Maja *pustend.* Bin ich herumgerannt und hab' Dich gesucht!

Professor Rubek *nickt gleichgültig und fragt:* Kommst Du vom Sanatorium herauf?

Frau Maja. Ja, jetzt eben komm' ich da aus dem Fliegenschrank.

Professor Rubek *blickt sie flüchtig an.* Du warst nicht bei Tisch, hab' ich bemerkt.

Frau Maja. Ganz recht. Wir zwei, wir hielten unsern Mittag unter freiem Himmel.

Professor Rubek. »Wir zwei«? Was für »zwei« ?

Frau Maja. Na, ich – und dieser greuliche Mensch, der Bärentöter. Wer sonst.

Professor Rubek. Ach so, der.

Frau Maja. Ja. Und morgen früh wollen wir wieder hinaus.

Professor Rubek. Auf Bären?

Frau Maja. Ja. Meister Petz den Garaus machen.

Professor Rubek. Habt Ihr die Spur von einem gefunden?

Frau Maja *überlegen.* Ich bitte Dich, hier oben auf dem nackten Kamm gibt's doch keine Bären.

Professor Rubek. Wo denn sonst?

Frau Maja. Tief drunten, an den Berghalden; da, wo der Wald am dichtesten ist und gewöhnliches Stadtvolk überhaupt nicht mehr durchkommt.

Professor Rubek. Und da wollt Ihr morgen hinunter?

Frau Maja *wirft sich in die Heide.* Ja, so haben wir verabredet. Aber vielleicht brechen wir auch schon heut abend auf, – vorausgesetzt, daß Du nichts dagegen hast?

Professor Rubek. Ich? Weit entfernt –

Frau Maja *rasch.* Übrigens begleitet uns Lars natürlich. Mit der Koppel.

Professor Rubek. Ich habe mich gar nicht erkundigt nach dem Herrn Lars und seiner Koppel. *Abbrechend.* Aber willst Du Dich nicht lieber ordentlich hier auf die Bank setzen?

Frau Maja *müde.* Nein, danke. Ich lieg' so schön in der weichen Heide.

Professor Rubek. Du bist müde, seh' ich.

Frau Maja *atmet tief.* Glaub' fast, ich fang's an zu werden.

Professor Rubek. Das kommt eigentlich erst hinterher; – wenn die Spannung vorüber ist –

Frau Maja *in schläfrigem Ton.* Ich will nur die Augen ein bißchen zumachen.

Kurze Pause.

Frau Maja *plötzlich ungeduldig.* Uh, Rubek, – daß Du das aushalten kannst, immerfort das Gejohle der Kinder mit anzuhören! Und diesen ewigen Bocksprüngen zuzusehen, die sie da machen.

Professor Rubek. Es liegt – in gewissen Momenten – etwas Harmonisches in ihren Bewegungen – eine Art Musik, möcht' ich fast sagen. Mag noch so viel Ungeschicklichkeit und Unbeholfenheit mit unterlaufen. Aber diese einzelnen – immer wiederkehrenden – Momente entschädigen einen dafür.

Frau Maja *lacht ein wenig verächtlich.* Hm, Du bist doch immer und ewig Künstler.

Professor Rubek. Und wär' froh, wenn ich's immer bliebe.

Frau Maja *dreht sich auf die Seite, so daß sie ihm den Rücken wendet.* Er ist keine Spur von Künstler.

Professor Rubek *aufmerksam.* Wer ist kein Künstler?

Frau Maja *wieder in schläfrigem Ton.* Er – der andre halt.

Professor Rubek. Der Bärenschütz, meinst Du?

Frau Maja. Ja. Keine Spur von Künstler ist der. Keine Spur.

Professor Rubek *lächelt.* Nein, da magst Du, weiß Gott, recht haben.

Frau Maja *heftig, ohne sich zu rühren.* Und wie häßlich er ist. *Rauft ein Büschel Heidekraut aus und wirft es wieder von sich.* So häßlich, so häßlich! Uh!

Professor Rubek. Gehst Du deshalb so gern mit ihm – auf die Jagd?

Frau Maja *kurz.* Was weiß ich. *Wendet sich ihm zu.* Du bist auch häßlich, Rubek.

Professor Rubek. Entdeckst Du das erst jetzt?

Frau Maja. Nein, das hab' ich längst gesehen.

Professor Rubek *zuckt die Achseln.* Man wird älter, Frau Maja. Man wird älter.

Frau Maja. So mein' ich's gar nicht. Aber Dein Blick hat etwas so Müdes, Entsagendes bekommen –. Wenn Du mir so – hier und da – allergnädigst einen Seitenblick schenkst –.

Professor Rubek. Das willst Du bemerkt haben?

Frau Maja *nickt.* Mehr und mehr haben Deine Augen diesen schlimmen Ausdruck angenommen. Fast als ob Du etwas gegen mich im Schilde führtest.

Professor Rubek. So? Freundlich, aber ernst. Komm und setz' Dich zu mir, Maja. Wir wollen ein paar Worte miteinander reden.

Frau Maja *richtet sich halb auf.* Läßt Du mich auf Deinen Knien sitzen? Wie in den ersten Jahren?

Professor Rubek. Nein, das geht nicht. Man kann uns vom Hotel aus sehen. *Rückt ein Stückchen.* Aber hier auf der Bank kannst Du sitzen – neben mir.

Frau Maja. Nein, danke; dann bleib' ich lieber liegen. Ich hör' auch hier sehr gut. *Blickt ihn fragend an.* Na, also von was wolltest Du reden?

Professor Rubek *beginnt langsam.* Was hältst Du wohl für den eigentlichen Grund, der mich zu dieser Sommerreise bestimmt hat?

Frau Maja. Je nun, – Du hast zwar unter anderm behauptet, sie würde *mir* so außerordentlich gut tun, – aber –

Professor Rubek. Aber –?

Frau Maja. Aber jetzt glaub' ich weiß Gott nicht mehr daran.

Professor Rubek. Sondern –?

Frau Maja. Jetzt glaub' ich, daß Du jener blassen Dame zuliebe gereist bist.

Professor Rubek. Frau von Satows wegen –?!

Frau Maja. Ja, dieser Frau wegen, die uns auf den Fersen sitzt. Gestern abend ist sie ja auch hier aufgetaucht.

Professor Rubek. Aber was in aller Welt –!

Frau Maja. Na, Du hast sie doch so sehr gut gekannt. Längst bevor Du mich kanntest.

Professor Rubek. Und hatte sie auch wieder vergessen – längst bevor ich Dich kannte.

Frau Maja *setzt sich aufrecht.* Kannst Du so leicht vergessen, Rubek?

Professor Rubek *kurz.* Nur *zu* leicht. *Fügt brüsk hinzu:* Wenn ich vergessen *will.*

Frau Maja. Auch ein Weib, das Dir Modell gestanden hat?

Professor Rubek *abweisend.* Wenn ich sie nicht länger nötig habe –

Frau Maja. Auch eine, die sich vor Dir ausgezogen hat?

Professor Rubek. Das will nichts heißen. Dafür sind wir Künstler. *Schlägt einen andern Ton an.* Und dann – wenn ich fragen darf – wie hätte ich denn ahnen sollen, daß sie hier im Lande ist?

Frau Maja. Ach, Du konntest ja ihren Namen in einer Badeliste gelesen haben. In irgend einer Zeitung.

Professor Rubek. Aber ich kannte ja gar nicht den Namen, den sie trägt. Hatte in meinem Leben von keinem Herrn von Satow gehört.

Frau Maja *stellt sich müde.* Na, du lieber Gott, so wolltest Du eben aus irgend einem *andern* triftigen Grunde reisen.

Professor Rubek *ernst.* Ja, Maja, – es *ist* aus einem andern Grund geschehen, einem ganz andern Grund. Und *dar*über müssen wir uns endlich einmal aussprechen.

Frau Maja *unterdrückt einen Lachanfall.* Herrjeh, wie feierlich Du aussiehst!

Professor Rubek, *indem er sie mißtrauisch zu ergründen sucht.* Ja, vielleicht feierlicher als nötig.

Frau Maja. Wie –?

Professor Rubek. Und nötig dürfte es für uns beide sein.

Frau Maja. Du fängst an, mich neugierig zu machen, Rubek.

Professor Rubek. Bloß neugierig? Gar nicht ein bißchen unruhig?

Frau Maja *schüttelt den Kopf.* Keine Spur.

Professor Rubek. Gut. So höre denn. – Du hast jüngst im Bade unten gesagt, ich wäre Dir in letzter Zeit so nervös vorgekommen –

Frau Maja. Ja, das warst Du auch.

Professor Rubek. Und was hältst Du wohl für die Ursache?

Frau Maja. Wie kann ich wissen –? *Rasch.* Du hast vielleicht das ewige Zusammenleben mit mir satt bekommen?

Professor Rubek. Ewige–? Sag' doch gleich: immer und ewige.

Frau Maja. Also: tägliches Zusammenleben. Wir zwei kinderlosen Leute, wir sind doch auch nun volle vier, fünf Jahre nebeneinander hergegangen und kaum eine Stunde getrennt gewesen. – Immer waren wir beiden ganz allein für uns.

Professor Rubek *interessiert.* Nun ja, –und– ?

Frau Maja *etwas gedrückt.* Du bist eben kein Gesellschaftsmensch, Rubek. Du gehst am liebsten Deinen Weg für Dich und beschäftigst Dich mit Deinen eigenen Interessen. Und ich kann nun einmal von *Deinen* Sachen nicht ordentlich mit Dir reden, – von diesen Kunstfragen und so weiter. *Macht eine wegwerfende Handbewegung.* Und das interessiert mich, wahrhaftigen Gott, auch nicht sonderlich.

Professor Rubek. Nun eben, eben; darum sitzen wir ja auch meistens am Kamin und schwatzen von *Deinen* Sachen.

Frau Maja. Ach, du lieber Gott, – was sollten denn das für Sachen sein!

Professor Rubek. Und wenn es auch nur Kleinigkeiten sind. Aber die Zeit vergeht uns jedenfalls auch *so*, Maja.

Frau Maja. Ja, da hast Du recht. Die vergeht. Sie schickt sich an, von Dir Abschied zu nehmen, Rubek. – Und *das* ist es wohl auch, was Dich so unruhig macht –

Professor Rubek *nickt heftig.* Und so unstet.

Windet sich auf der Bank. Ich halte dieses armselige Leben bald nicht mehr aus!

Frau Maja *steht auf und blickt ihn eine Weile an.* Willst Du mich los sein, so sag's nur heraus.

Professor Rubek. Was ist das nun wieder für ein Ausdruck? Dich los sein!

Frau Maja. Nun ja, – wenn Du frei sein willst, so sollst Du das gerade heraus sagen. Und die Stunde noch schnür' ich mein Bündel.

Professor Rubek *lächelt fast unmerklich.* Das klingt ja wie eine Drohung, Maja?

Frau Maja. Für Dich kann das doch gewiß keine Drohung sein.

Professor Rubek *erhebt sich.* Nein, Du hast recht, eigentlich nicht. *Fügt nach einer Weile hinzu:* Du und ich, wir können unmöglich so weiter zusammenleben –

Frau Maja. Nun also –!

Professor Rubek. Bitte kein also. *Mit Nachdruck.* Können wir beide nicht mehr *allein* zusammenleben, – so brauchen wir uns ja deshalb noch nicht scheiden zu lassen,

Frau Maja *lächelt verächtlich.* Nur ein bißchen getrennt zu leben, was?

Professor Rubek. Auch das nicht einmal.

Frau Maja. Na, so rück' heraus damit, – was willst Du denn mit mir machen?

Professor Rubek *etwas unsicher.* Was ich jetzt so lebhaft und so schmerzlich vermisse, das ist ein Mensch, der mir wirklich innerlich nahe steht –

Frau Maja *unterbricht ihn gespannt.* Tu' ich das nicht, Rubek?

Professor Rubek *abweisend.* Versteh' mich nicht falsch. Ich müßte mit jemand zusammenleben, der mich gleichsam ausfüllte, – ergänzte, – eins wäre mit mir in all meinem Tun und Schaffen.

Frau Maja *langsam.* Ja, so hohen Ansprüchen würde *ich* wohl nicht genügen können.

Professor Rubek. Das würde Dir wohl auch sauer werden, Maja.

Frau Maja *heftig.* Und ich hätte, weiß Gott, auch gar keine Lust dazu.

Professor Rubek. Das weiß ich nur zu gut. – Und ich dachte ja auch gar nicht an eine solche Lebenshilfe, als ich Dein Schicksal an meines knüpfte.

Frau Maja, *ihn beobachtend.* Ich seh' Dir an, daß Du jetzt an eine andere denkst.

Professor Rubek. So? Als Gedankenleserin hab' ich Dich noch nicht gekannt. Das siehst Du also?

Frau Maja. Ja, das seh' ich. Ach, ich kenn' Dich so gut, Rubek, so gut!

Professor Rubek. So weißt Du am Ende auch, an *wen* ich denke?

Frau Maja. Ja, allerdings.

Professor Rubek. Nun? Bitte –?

Frau Maja. Du denkst an dies – an dies Modell, das Du einmal gehabt hast – – *Verliert plötzlich den Faden.* Weißt Du, daß man sie im Hotel für verrückt hält?

Professor Rubek. So? Und was hält man denn im Hotel von Dir und dem Bärentöter?

Frau Maja. Das gehört nicht hierher. *Fährt fort, wo sie abbrach.* Aber an diese blasse Fremde hast Du jedenfalls gedacht.

Professor Rubek *fest.* An sie und keine andere. – Als ich sie nicht mehr nötig hatte – und sie mich außerdem verließ – und spurlos verschwand, – da –

Frau Maja. Da hast Du mich als eine Art Notbehelf genommen, wie?

Professor Rubek *rücksichtsloser.* Offen gestanden, so war es ungefähr, meine kleine Maja. Ich war da ein Jahr oder anderthalb einsam grübelnd umhergegangen und hatte die letzte – die allerletzte Hand an mein Werk gelegt. Der »Auferstehungstag« ging in die Welt und brachte mir Ruhm – und all die anderen Herrlichkeiten. *Wärmer.* Aber ich liebte mein eigenes Werk nicht mehr. Und vor der

Menschen Weihrauch und Kränzen wär' ich am liebsten, verzweifelnd und angewidert, in die finstersten Wälder geflohen. *Blickt sie an.* Du bist ja Gedankenleserin, – kannst Du erraten, auf was ich da verfiel?

Frau Maja *wegwerfend.* Hm, ja. Darauf, Porträtbüsten von Herren und Damen zu machen.

Professor Rubek *nickt.* Auf Bestellung, jawohl. Mit Tierfratzen hinter den Masken. Die bekamen sie gratis; als Zugabe, verstehst Du. *Lächelnd.* Aber *das* war's nun eigentlich nicht, was ich zunächst meinte.

Frau Maja. Sondern?

Professor Rubek *wieder ernst.* Dieser ganze Künstlerberuf und diese ganze künstlerische Tätigkeit und alles, was damit zusammenhängt, – fing an, mir so von Grund aus leer und hohl und nichtig vorzukommen.

Frau Maja. Was wolltest Du denn statt dessen?

Professor Rubek. *Leben*, Maja.

Frau Maja. Leben?

Professor Rubek. Ja, ist's denn nicht unvergleichlich wertvoller, ein Leben in Sonnenschein und Schönheit zu führen, als sich bis ans Ende seiner Tage in einer naßkalten Höhle mit Tonklumpen und Steinblöcken zu Tode zu plagen?

Frau Maja *mit einem kleinen Seufzer.* Ganz meine Meinung.

Professor Rubek. Und dann war ich ja nun auch reich geworden, um in Überfluß zu leben und eitel Sonnenschein. Ich konnte mir die Villa am Taunitzer See bauen und das Palais in der Hauptstadt. Vom übrigen zu schweigen.

Frau Maja *im Ton ihres Mannes.* Und zuguterletzt hast Du auch noch die Mittel gehabt, Dir Deine jetzige Frau anzuschaffen. Und all Deine Schätze gehörten von nun an auch mir.

Professor Rubek *scherzhaft ablenkend.* Wollt' ich Dich nicht mit mir auf einen hohen Berg nehmen und Dir alle Herrlichkeit der Welt zeigen?

Frau Maja *mit einem sanftmütigen Ausdruck.* Es mag ja ein recht hoher Berg gewesen sein, auf den Du mich mitgenommen hast, Rubek, – aber alle Herrlichkeit der Welt hast Du mir nicht gezeigt.

Professor Rubek *lacht gereizt.* Bist *Du* unzufrieden, Maja! *So* unzufrieden! *Heftig.* Aber weißt Du, was das Traurigste ist? Hast Du *da*von eine Ahnung?

Frau Maja *in stillem Trotz.* Daß Du mich fürs *ganze* Leben mitgenommen hast, – das wird's wohl sein.

Professor Rubek. Ich würde mich nicht so herzlos ausgedrückt haben.

Frau Maja. Aber der Sinn wäre gewiß ebenso herzlos gewesen.

Professor Rubek. Du hast keinen rechten Begriff davon, wie eine Künstlernatur inwendig aussieht.

Frau Maja *lächelt und schüttelt den Kopf.* Du lieber Gott, ich hab' ja nicht einmal einen Begriff davon, wie's in mir selber aussieht.

Professor Rubek *unbeirrt.* Ich lebe so schnell, Maja. Wir leben nun einmal so, wir Künstler. Ich für mein Teil habe in den paar Jahren, die wir uns kennen, ein ganzes Leben durchlebt. Menschen wie ich finden kein Glück in müßigem Genuß; das hab' ich allmählich einsehen gelernt. So einfach liegt das Leben nicht für mich und meinesgleichen. Ich muß ununterbrochen arbeiten – Werk schaffen auf Werk – bis zu meinem letzten Tag. *Mit Überwindung.* Darum kann ich nicht länger mit Dir auskommen, Maja. – Wenigstens nicht mit Dir allein.

Frau Maja *ruhig.* Soll das mit klaren, nackten Worten heißen, daß Du meiner überdrüssig bist?

Professor Rubek *aufbrausend.* Jawohl! Überdrüssig dieses Zusammenlebens mit Dir, unaussprechlich müde und überdrüssig! Nun weißt Du's. *Beherrscht sich.* Harte, häßliche Worte sag' ich Dir da. Das fühl' ich selbst nur zu gut. Und Du kannst nichts dafür, – das erkenn' ich gern an. In mir, und nur in mir hat sich eine Umwandlung vollzogen – *halb vor sich hin* – ein Wiederaufwachen zu meinem eigentlichen Leben.

Frau Maja *faltet unwillkürlich die Hände.* Aber warum in aller Welt können wir dann nicht voneinander gehen?

Professor Rubek *blickt sie überrascht an.* – Du wolltest –?

Frau Maja *zuckt die Achseln.* Ja, wenn es sein muß –

Professor Rubek *eifrig.* Es *muß* aber nicht sein. Es *gibt* einen Ausweg –

Frau Maja *hebt den Finger.* Jetzt denkst Du wieder an die blasse Dame!

Professor Rubek. Ja, offen gestanden, ich muß unablässig an sie denken. Von dem Augenblick an, als ich sie wiedergesehen habe. *Einen Schritt näher.* Denn jetzt will ich Dir etwas anvertrauen, Maja.

Frau Maja. Nun?

Professor Rubek *schlägt sich an die Brust.* Siehst Du, hier drinnen, – hier hab' ich einen winzig kleinen, verschlossenen Schrein. Und in diesem Schrein liegen all meine Bildnerträume verwahrt. Als sie nun aber spurlos verschwand, da fiel der Deckel ins Schloß. Und sie hatte den Schlüssel – und nahm ihn mit. – Du, meine kleine Maja, hattest keinen Schlüssel. Deshalb liegt alles unbenutzt darin. – Und die Jahre vergehen! Und ich komme und komme nicht zu dem Schatz.

Frau Maja *ein listiges Lächeln unterdrückend.* So laß Dir von ihr wieder aufschließen –

Professor Rubek *nicht gleich verstehend.* Maja –?

Frau Maja. Sie ist doch jetzt hier. Und wird wohl auch wegen dieses Schreins gekommen sein.

Professor Rubek. Mit keinem Wort hab' ich ihr gegenüber diese Dinge berührt.

Frau Maja *sieht ihn naiv an.* Aber, lieber Rubek, – ist denn eine so einfache Sache wie *die* so viel Redens und Aufhebens wert?

Professor Rubek. Findest Du sie so einfach?

Frau Maja. Allerdings. Tu Dich nur mit dem Menschen zusammen, den Du am besten brauchen kannst. *Nickt ihm zu.* Ich werde schon ein Unterkommen zu finden wissen.

Professor Rubek. Und wo?

Frau Maja *sorglos, ausweichend.* Na, ich brauch' ja bloß in die Villa hinauszuziehen, falls es nötig wird. Aber es wird gar nicht nötig sein. Denn in der Stadt, – in unserm großmächtigen Haus wird sich doch wohl – bei einigem guten Willen – Platz für drei schaffen lassen.

Professor Rubek *unsicher.* Und glaubst Du, so könnt' es auf die Dauer gehen?

Frau Maja *in leichtem Ton.* Lieber Gott, – geht's nicht, so geht's nicht. Darüber wollen wir uns jetzt nicht den Kopf zerbrechen.

Professor Rubek. Und wenn es nun *nicht* geht, Maja,– was dann?

Frau Maja *unbekümmert.* So gehen wir einander einfach aus dem Weg. Ganz aus dem Weg. Ich finde immer noch meinen Platz in der Welt. Wo ich frei bin, frei, frei! – Damit hat's keine Not, Herr Professor. *Zeigt plötzlich nach rechts.* Da! Da ist sie ja.

Professor Rubek *wendet den Kopf.* Wo?

Frau Maja. Da drüben. Wie eine Marmorstatue schreitet sie einher. Sie kommt hierher.

Professor Rubek *starrt hinaus, die Hand über den Augen.* Ist sie nicht die verkörperte Auferstehung? *Vor sich hin.* Und *sie* konnt' ich zurücksetzen – in den Schatten stellen – umschaffen –. O, ich Tor!

Frau Maja. Worauf soll das hinaus?

Professor Rubek *abwehrend.* Auf nichts. Wenigstens nicht auf etwas, was Du verstehen könntest.

Irene kommt von rechts über das Plateau. Die spielenden Kinder haben sie schon vorher kommen sehen und sind ihr entgegengelaufen. Jetzt ist sie von ihnen umringt; einige scheinen beherzt und zutraulich, andere scheu und ängstlich. Sie spricht leise mit ihnen, indem sie ihnen bedeutet, nach dem Sanatorium hinunterzugehen; sie selbst wolle sich am Bach ein wenig ausruhen. Die Kinder laufen links im Mittelgrund die Böschung hinunter. Irene geht auf die Bergwand zu und läßt sich, die kühlenden Wasserstrahlen über die Hände rieseln.

Frau Maja *mit gedämpfter Stimme.* Geh hin zu ihr und sprich mit ihr allein, Rubek.

Professor Rubek. Und wo gehst Du inzwischen hin?

Frau Maja *blickt ihn bedeutsam an.* Ich gehe von heut an meine eigenen Wege.

Sie geht die Anhöhe hinab und schwingt sich mit Hilfe des Gebirgsstocks über den Bach. Bei Irene bleibt sie stehen.

Frau Maja. Rubek erwartet Sie da oben, gnädige Frau.

Irene. Was will er von mir?

Frau Maja. Sie sollen ihm bei einem Schrein helfen, dessen Deckel ihm ins Schloß gefallen ist.

Irene. Dabei könnte ich ihm helfen?

Frau Maja. Er meint, Sie seien die einzige dazu.

Irene. So will ich's versuchen.

Frau Maja. Das sollten Sie in der Tat, gnädige Frau.

Sie geht den Weg nach dem Sanatorium hinab. Bald darauf kommt Rubek zu Irene herabgestiegen, doch so, daß der Bach zwischen ihnen bleibt.

Irene *nach einer kurzen Pause.* Die andere sagte, Du hättest auf mich gewartet?

Professor Rubek. Ich habe Jahr um Jahr auf Dich gewartet, – ohne es selbst zu wissen.

Irene. Ich konnte nicht zu Dir, Arnold. Ich lag ja darnieder und schlief den langen, tiefen, träumeschweren Schlaf.

Professor Rubek. Aber jetzt bist Du erwacht, Irene!

Irene *schüttelt den Kopf.* Ich hab' den schweren, tiefen Schlaf noch immer in den Augen.

Professor Rubek. Du sollst sehen, es wird für uns beide dämmern und tagen.

Irene. Glaub' das nicht.

Professor Rubek *eindringlich.* Das glaub' ich! Und das weiß ich! Jetzt, da ich Dich wiedergefunden habe –

Irene. – auferstanden –

Professor Rubek. – und verklärt!

Irene. Nur auferstanden, Arnold. Nicht verklärt.

Er balanciert auf den Steinen unterhalb des Wasserfalls zu ihr hinüber.

Professor Rubek. Wo bist Du den ganzen Tag gewesen, Irene?

Irene *weist in die Ferne.* Weit draußen auf den großen Gefilden des Todes –

Professor Rubek *ablenkend.* Du hast Deine – Deine Freundin heut nicht bei Dir, wie ich sehe.

Irene *lächelt.* Meine Freundin behält mich trotzdem getreulich im Auge.

Professor Rubek. Kann sie das?

Irene *sieht sich scheu um.* Davon sei überzeugt. Wo ich gehe und stehe. Nie verliert sie mich aus dem Gesicht, – *flüstert* – bis ich sie eines schönen Morgens umbringe.

Professor Rubek. Möchtest Du das?

Irene. Und *wie* gerne! Wenn ich nur eine Gelegenheit fände.

Professor Rubek. Weshalb denn?

Irene. Weil sie eine Hexe ist. *Geheimnisvoll.* Denk Dir, Arnold, – sie hat sich in meinen Schatten verwandelt.

Professor Rubek *sucht sie zu beruhigen.* Na, na – einen Schatten müssen wir doch alle haben.

Irene. Ich bin mein eigener Schatten. *Heftig.* Verstehst Du mich denn nicht!

Professor Rubek *gepreßt.* Doch, doch, Irene, ich verstehe nur zu gut.

Er setzt sich auf einen Stein am Bache. Sie steht hinter ihm, an die Felswand gelehnt.

Irene *nach einer Pause.* Was sitzt Du da und wendest Deine Augen von mir?

Professor Rubek *leise, schüttelt den Kopf.* Ich darf Dich nicht – darf Dich nicht ansehen.

Irene. Warum nun nicht mehr?

Professor Rubek. Dich quält ein Schatten. Und mich meine nagende Reue.

Irene *mit einem Freudenschrei.* Endlich!

Professor Rubek *springt auf.* Irene – was hast Du!

Irene *abwehrend.* Nur ruhig, ruhig, ruhig! *Atmet tief und sagt, wie von einer Last befreit:* So. Nun haben sie mich freigelassen, für dies Mal. – Jetzt können wir uns setzen und uns unterhalten wie früher – im Leben.

Professor Rubek. Ach, wenn wir das doch nur wieder könnten!

Irene. Setz' Dich auf Deinen alten Platz. Dann setz' ich mich hier zu Dir.

Er setzt sich wieder auf den Stein, sie sich auf einen andern in der Nähe.

Irene *nach kurzem Schweigen.* Nun bin ich zu Dir zurückgekehrt von den fernsten Reichen, Arnold.

Professor Rubek. Ja wahrlich, und von einer endlos langen Reise.

Irene. Heimgekehrt zu meinem Herrn und Gebieter –

Professor Rubek. Nach Hause – wo *wir* zu Hause sind, Irene.

Irene. Hast Du auf mich gewartet tagaus tagein?

Professor Rubek. Wie könnt' ich das?

Irene *mit einem Seitenblick.* Ach ja, – wie konntest Du das! Du hast ja nichts gewußt.

Professor Rubek. Hast Du Dich damals wirklich nicht eines andern wegen so auf einmal davon gemacht?

Irene. Konnte es denn nicht *Deinet*wegen gewesen sein, Arnold?

Professor Rubek *sieht sie unsicher an.* Ich verstehe Dich nicht –?

Irene. Als ich Dir mit Leib und Seele gedient hatte – und die Statue fertig dastand, – unser Kind, wie Du sie nanntest, – da hab' ich Dir mein teuerstes Opfer zu Füßen gelegt – und mich selbst ausgelöscht für alle Zeit.

Professor Rubek *gesenkten Hauptes.* Und hast damit mein Leben brach gelegt.

Irene *plötzlich aufbrausend.* So hab' ich erreicht, was ich wollte! Nie, nie mehr sollte Dir etwas zu schaffen gelingen – nachdem Du dies unser einziges Kind geschaffen hattest.

Professor Rubek. War's Eifersucht, was Dich damals beherrschte?

Irene *kalt.* Ich glaube, es war eher Haß.

Professor Rubek. Haß? Wider mich?

Irene *heftig.* Ja, wider Dich, – wider den Künstler, der so ganz unbekümmert und sorglos einen warmblütigen Leib nahm, ein junges Menschenleben, und ihm seine Seele stahl, – weil er ein Kunstwerk draus schaffen wollte.

Professor Rubek. Und das muß ich von *Dir* hören –? Hast Du nicht glühend vor Eifer und hochheiligem Verlangen meine Arbeit geteilt? Diese Arbeit, zu der wir uns jeden Morgen sammelten wie zu einer Andacht.

Irene *kalt wie vorher.* Ich will Dir etwas sagen, Arnold.

Professor Rubek. Nun?

Irene. Nie hab' ich Deine Kunst geliebt. Nicht vorher, eh' ich Dich kennen lernte, – und auch nicht nachher.

Professor Rubek. Aber den Künstler, Irene.

Irene. Den Künstler hass' ich.

Professor Rubek. Auch den Künstler in mir?

Irene. Den am allermeisten. Wenn ich so ganz entkleidet dastand vor Dir, da haßte ich Dich, Arnold –

Professor Rubek *heftig.* Das tatest Du nicht, Irene! Das ist nicht wahr!

Irene. Ich habe Dich gehaßt, weil Du so unberührt dastehen konntest –

Professor Rubek lacht. Unberührt? Glaubst Du?

Irene. – oder wenigstens so voll unerträglicher Selbstbeherrschung. Und weil Du Künstler warst, nur Künstler, – nicht Mann! *Geht in einen warmen, herzlichen Ton über.* Aber die Statue im nassen, lebendigen Ton, *die* liebte ich, – wie sie so nach und nach aus dieser rohen, unförmlichen Masse emporstieg, ein beseeltes Menschenkind, – denn das war *unser* Geschöpf, unser Kind. Meins und Deins.

Professor Rubek *schwermütig*. Das war es im Geist und in der Wahrheit.

Irene. Siehst Du, Arnold, um dieses unseres Kindes willen habe ich diese lange Pilgerfahrt unternommen.

Professor Rubek *plötzlich aufmerksam*. Um des Marmorbildes –?

Irene. Nenn's, wie Du magst. Ich nenn' es unser Kind.

Professor Rubek *unruhig*. Und nun willst Du es sehen? Fertig? Im »kalten« Marmor, wie Du immer sagtest? Eifrig. Du weißt am Ende noch gar nicht, daß es in einem großen Museum steht – draußen in weiter Welt?

Irene. Ich habe dunkel davon gehört.

Professor Rubek. Und Museen waren Dir doch stets ein Greuel. Du nanntest sie immer Totengrüfte –

Irene. Ich will eine Wallfahrt dahin machen, wo meine Seele und das Kind meiner Seele begraben liegt.

Professor Rubek *in angstvoller Unruhe*. Du darfst das Werk nie wieder sehen! Hörst Du, Irene. Ich flehe Dich an –! Nie wieder, nie wieder!

Irene. Glaubst Du vielleicht, ich würde noch ein Mal daran sterben?

Professor Rubek *ringt die Hände*. Ach, ich weiß selbst nicht, was ich glaube. – Aber wie hätt' ich mir auch denken können, daß Du Dich so unlöslich mit diesem Werke verknüpft fühlen würdest? *Du, die mich verließ* – noch eh' es vollendet war?

Irene. Es *war* vollendet. Darum konnte ich von Dir gehen und Dich allein lassen.

Professor Rubek, *die Ellbogen auf den Knien, wiegt den Kopf, mit den Händen vor den Augen*. Es war noch nicht das, was später daraus wurde.

Irene *zieht unhörbar und blitzschnell ein dünnes, spitzes Messer halb aus dem Kleide oben an der Brust und fragt, heiser flüsternd:* Arnold, – hast Du unserm Kind etwas zu Leide getan?

Professor Rubek *ausweichend.* Zu Leide? – Wie soll ich so genau entscheiden, was *Du* damit bezeichnen willst?

Irene *atemlos.* Sag' mir, – was hast Du gemacht mit dem Kind!

Professor Rubek. Ich werd' es Dir sagen, wenn Du Dich setzen und mir ruhig zuhören willst.

Irene *verbirgt das Messer.* Ich werde so ruhig zuhören, als eine Mutter kann, wenn –

Professor Rubek *sie unterbrechend.* Und dann sieh mich nicht an, wenn ich erzähle.

Irene *setzt sich auf einen Stein hinter seinem Rücken.* Hier setz' ich mich hinter Dich. – Und nun erzähle mir –

Professor Rubek *nimmt die Hände von den Augen und blickt vor sich hin.* Als ich Dich gefunden hatte, da war mir auch im selben Augenblicke klar, wie aus Dir mein Lebenswerk erstehen sollte.

Irene. »Auferstehungstag« nanntest Du Dein Lebenswerk. – Ich nenn' es »unser Kind«.

Professor Rubek. Ich war jung damals. Ohne alle Lebenserfahrung. Die Auferstehung, dacht' ich mir, müßte am schönsten und wunderlieblichsten darzustellen sein als ein junges, unberührtes Weib – von keines Erdenwallens Erlebnissen entweiht – das, ohne von irgend welchen Flecken und Schlacken sich reinigen zu müssen – zu Licht und Herrlichkeit erwacht.

Irene *rasch.* Ja, – und so steh' ich doch da in unserem Werk?

Professor Rubek *zögernd.* Eigentlich nicht ganz so, Irene.

Irene *in wachsender Spannung.* Nicht ganz –? Nicht *so*, wie ich vor Dir gestanden ?

Professor Rubek *einer Antwort ausweichend.* Ich wurde weltklug in den Jahren, die folgten, Irene. Der »Auferstehungstag« wurde in meiner Vorstellung etwas Umfassenderes – etwas Vielfältigeres. Der kleine runde Sockel, auf dem Dein Bild schlank und einsam stand, – er bot nicht mehr Raum für alles, was ich nun noch hinzudichten wollte –

Irene *tastet nach dem Messer, läßt es aber wieder sein.* Was hast Du denn noch hinzugedichtet? Sag'!

Professor Rubek. Was ich rings um mich in der Welt mit meinen Augen sah. Ich mußte das mit im Bilde haben. Ich konnte nicht anders, Irene. Ich erweiterte den Sockel, – so daß er groß und geräumig wurde. Und legte darauf ein Stück der gewölbten, berstenden Erde. Und aus den Furchen, da wimmelt's Dir nun herauf von Menschen mit heimlichen Tiergesichtern, – Männern und Weibern, – wie sie das Leben draußen mich kennen gelehrt hatte.

Irene *in atemloser Spannung.* Aber mitten im Schwarm steht das junge Weib in strahlender Himmelsfreude? Nicht, Arnold?

Professor Rubek *ausweichend.* Nicht ganz in der Mitte. Ich mußte leider die Statue etwas nach hinten rücken, – der Gesamtwirkung halber, weißt Du. Sie würde sonst zu sehr dominiert haben.

Irene. Aber der strahlende Freudenschimmer verklärt doch noch immer mein Antlitz?

Professor Rubek. O ja, Irene. In gewisser Art wenigstens. Ein wenig gedämpft vielleicht. Wie's meine neue Idee erforderlich machte.

Irene *steht lautlos auf.* Dies Bild drückt das Leben aus, so wie Du es jetzt siehst, Arnold.

Professor Rubek. Ja, das tut es wohl.

Irene. Und in diesem Bilde steh' ich nun – ein wenig verblaßt – als eine Hintergrundfigur – in einer Gruppe. *Zieht das Messer hervor.*

Professor Rubek. Nicht im Hintergrund – sagen wir im Mittelgrund – oder so etwa.

Irene *flüstert heiser:* Damit hast Du Dir selbst Dein Urteil gesprochen. *Will zustoßen.*

Professor Rubek *wendet sich um und blickt sie an.* Mein Urteil?

Irene *verbirgt rasch das Messer und sagt dumpf, gleichsam stöhnend:* Meine ganze Seele, – Du und ich, – wir, wir, wir und unser Kind waren in dieser einsamen Gestalt.

Professor Rubek *eifrig, nimmt den Hut vom Kopfe und trocknet sich die Schweißperlen von der Stirn.* Aber nun höre auch, wie ich mich selbst in die Gruppe hineingestellt habe. Vorn an einer Quelle, wie hier, sitzt ein schuldbeladener Mann, der von der Erdrinde nicht ganz loszukommen vermag. Ich nenne ihn die Reue über ein verwirktes Leben. Er taucht und taucht seine Finger in das rieselnde Wasser – um sie rein zu spülen – und krümmt sich und leidet bei dem Gedanken, daß es ihm nie, nie gelingen wird. In alle Ewigkeit wird er nicht frei werden, leben und auferstehen. Immer und ewig bleibt er sitzen in seiner Hölle.

Irene *hart und kalt.* Dichter!

Professor Rubek. Warum Dichter?

Irene. Weil Du ohne Kraft bist und ohne Willen und voll Absolution für all Deine Handlungen und für all Deine Gedanken. Du hast meine Seele gemordet, – und dann modellierst Du Dich selber in Reue und Buße und Selbstanklage – *lächelt* – und damit, meinst Du dann, sei Deine Rechnung beglichen.

Professor Rubek *trotzig.* Ich bin Künstler, Irene. Und ich schäme mich nicht der Schwäche und Unvollkommenheit, die mir anhaften mag. Denn ich bin zum Künstler *geboren*, siehst Du. Und werde trotz allem auch nie etwas andres als Künstler werden.

Irene *blickt ihn mit einem versteckten, bösen Lächeln an und sagt weich und sanft:* Dichter bist Du, Arnold. *Streicht ihm leis übers Haar.* Daß Du liebes, großes, alterndes Kind das nicht sehen kannst!

Professor Rubek *verstimmt.* Warum nennst Du mich so beharrlich Dichter?

Irene *mit lauernden Augen.* Weil in diesem Wort eine Entschuldigung liegt, mein Freund. Eine Absolution, – die einen Mantel über alle Schwäche und Unvollkommenheit breitet. *Plötzlich in anderem Ton.* Aber ich war damals ein *Mensch*! Und hatte *auch* ein Leben zu leben – und ein Menschenschicksal zu erfüllen. Sieh, all das ließ ich liegen, – warf ich hin, um Dir untertänig zu sein. – O, das war ein

Selbstmord. Ein unverzeihliches Verbrechen an mir selbst. *Halb flüsternd.* Und dies Verbrechen kann ich nimmermehr sühnen. *Sie setzt sich in seiner Nähe an den Bach, verfolgt ihn unbemerkt mit den Augen und pflückt, wie geistesabwesend, Blüten von den Büschen ringsum.*

Irene *scheinbar gefaßt.* Ich hätte Kinder zur Welt bringen sollen. Viele Kinder. Richtige Kinder. Nicht solche, wie man sie in Totengrüften aufbewahrt. Das wäre mein Beruf gewesen. Nie hätt' ich Dir dienen sollen, – Dichter.

Professor Rubek *in Erinnerung verloren.* Es waren doch schöne Zeiten, Irene. Wunderschöne Zeiten, – wenn ich so zurückdenke –.

Irene *blickt ihn mit weichem Ausdruck an.* Weißt Du noch, was für ein Wort Du brauchtest, – als Du fertig warst – fertig mit mir und unserm Kinde ? *Nickt ihm zu.* Denkst Du noch an das kleine Wort, Arnold ?

Professor Rubek *blickt sie fragend an.* Hab' ich damals ein Wort gesagt, das Du Dir gemerkt hast?

Irene. Ja. Kannst Du Dich seiner nicht mehr erinnern ?

Professor Rubek *schüttelt den Kopf.* Nein, wahrhaftig nicht. Jedenfalls nicht augenblicklich.

Irene. Du nahmst meine beiden Hände und drücktest sie warm. Und in atemloser Erwartung stand ich vor Dir. Und da sagtest Du: Ich danke Dir von ganzem Herzen, Irene. Dies ist, so sagtest Du, eine segensreiche Episode für mich gewesen.

Professor Rubek *zweifelnd.* Sagt' ich Episode? Ich pflege dies Wort nicht zu gebrauchen.

Irene. Du sagtest Episode.

Professor Rubek *mit angenommener Unbefangenheit.* Na schön, – aber im Grunde war's ja auch eine Episode.

Irene kurz. Auf dies Wort hin hab' ich Dich damals verlassen.

Professor Rubek. Du nimmst alle Dinge so schmerzlich schwer, Irene.

Irene streicht sich über die Stirn. Du magst recht haben. Schütteln wir alles Schwere und Trübe von uns ab! *Pflückt Blätter von einer Bergrose und streut sie in den Bach.* Da sieh, Arnold! Da schwimmen unsere Vögel.

Professor Rubek. Was für Vögel?

Irene. Flamingos – siehst Du das nicht? Rosenrote Flamingos.

Professor Rubek. Flamingos schwimmen nicht. Die waten nur.

Irene. Dann sind's also keine Flamingos. Sondern Möven.

Professor Rubek. Möven mit roten Schnäbeln, ja, – das schon eher. Pflückt breite grüne Blätter und wirft sie in den Bach. Nun send' ich ihnen meine Schiffe nach.

Irene. Aber Vogelfänger dürfen keine an Bord sein.

Professor Rubek. Nein, Vogelfänger nicht. *Lächelt ihr zu.* Denkst Du noch des Sommers, als wir so vor dem Bauernhäuschen am Taunitzer See saßen?

Irene nickt. Samstags abends, ja, – wenn wir mit unserm Wochenpensum fertig waren –

Professor Rubek. – und mit der Bahn hinausfuhren – und den Sonntag über draußen blieben –

Irene *aufblitzenden Haß im Auge.* Es war eine Episode, Arnold.

Professor Rubek, *als ob er nicht höre.* Da ließest Du auch Vögel schwimmen im Bach. Es waren Wasserlilien –

Irene. Weiße Schwäne waren's.

Professor Rubek. Ich meine Schwäne, jawohl. Und einmal, das weiß ich noch, befestigte ich ein großes, rauhes Blatt an einem solchen Schwan. Es war ein Sauerampferblatt –

Irene. Da ward es Lohengrins Boot – mit dem Schwan davor.

Professor Rubek. Wie gern Du so spieltest, Irene.

Irene. Wir spielten oft so.

Professor Rubek. Jeden Samstag, glaub' ich. Den ganzen Sommer über.

Irene. Du nanntest mich Deinen Schwan, der Dein Boot ziehe.

Professor Rubek. Nannt' ich Dich so? Ja, das mag wohl sein. *Mit dem Spiel beschäftigt.* Sieh nur, wie die Möven den Fluß hinabschwimmen!

Irene *lacht.* Und Deine Schiffe stranden alle.

Professor Rubek *wirft mehr Laub in den Bach.* Ich hab' noch Schiffe genug in Vorrat. *Verfolgt das Laub mit den Augen, macht einige Blätter wieder frei und sagt nach einer kleinen Pause:* Du, Irene –, das Bauernhäuschen am Taunitzer See, das hab' ich gekauft.

Irene. Hast Du's jetzt gekauft? Du hast oft davon gesprochen, Du wolltest es tun, sobald Du die Mittel dazu bekämst.

Professor Rubek. Mit der Zeit bekam ich sie. Und da hab' ich's gekauft.

Irene *schielt nach ihm hin.* Wohnst Du nun dort – in unserm alten Haus?

Professor Rubek. Nein, das hab' ich längst niederreißen lassen. Und auf das Grundstück mir eine große, prächtige, bequeme Villa hingebaut – mit einem Park darum. Da sind wir gewöhnlich – *hält inne und verbessert sich* – da bin ich gewöhnlich im Sommer –

Irene bezwingt sich. So, Du und – die andere, Ihr seid jetzt immer da draußen?

Professor Rubek *etwas trotzig.* Ja. Wenn meine Frau und ich nicht auf Reisen sind – wie dies Jahr.

Irene *verlorenen Blickes.* Schön, schön war das Leben am Taunitzer See.

Professor Rubek , *als ob er in sich selbst hineinblickte.* Und doch, Irene –

Irene *ergänzt ihn.* – und doch ließen wir zwei all die Schönheit dieses Lebens ungenossen liegen –

Professor Rubek *leise, eindringlich.* Kommt die Reue zu *spät* jetzt?

Irene *antwortet nicht, sondern sitzt eine Weile still; dann zeigt sie in die Ferne.* Sieh, Arnold. Nun geht die Sonne hinter den Gipfeln unter. Sieh nur, wie rot ihre schrägen Strahlen die Heidekrautmatten dort überall färben.

Professor Rubek *blickt auch dorthin.* Das ist lange her, daß ich einen Sonnenuntergang im Gebirge gesehen habe.

Irene. Auch einen Sonnenaufgang?

Professor Rubek. Einen Sonnenaufgang, glaub' ich, hab' ich noch nie gesehen.

Irene *lächelt, wie in Erinnerung verloren.Ich* hab' einmal einen wundervollen Sonnenaufgang erlebt.

Professor Rubek. *So?* Wo denn?

Irene. Hoch, hoch oben auf schwindelndem Grat. Du locktest mich hinauf und versprachst mir alle Herrlichkeit der Welt, wenn ich – *sie bricht jäh ab.*

Professor Rubek. Wenn Du –? Nun?

Irene. Ich tat nach Deinen Worten – und folgte Dir auf die Höhe. Und da fiel ich auf meine Knie – und betete Dich an – und diente Dir. *Schweigt einen Augenblick, dann sagt sie leise:* Da sah ich die Sonne aufgehen.

Professor Rubek *ablenkend.* Hättest Du nicht Lust, mit hinunter zu reisen und in der Villa bei uns zu wohnen?

Irene blickt ihn verächtlich lächelnd an. Zusammen mit Dir – und der andern Dame?

534 **Professor Rubek** *eindringlich.* Zusammen mit *mir* – wie in den alten Tagen des Schaffens. Wieder aufzuschließen all das, was in mir ins Schloß gefallen ist. Möchtest Du das nicht tun, Irene?

Irene *schüttelt den Kopf.* Ich habe den Schlüssel zu Dir nicht mehr, Arnold.

Professor Rubek. *Du hast* den Schlüssel! Niemand als Du hat ihn! *Bittend und flehend.* Hilf mir, – damit ich das Leben noch einmal zu leben vermag!

Irene *unbeweglich wie vorher.* Leere Träume. Müßige – tote Träume. *Unserem* Zusammenleben folgt keine Auferstehung mehr.

Professor Rubek *kurz abbrechend.* So laß uns denn weiter spielen!

Irene. Ja, spielen, spielen, – nichts als spielen.

Sie streuen Laub und Blumenblätter in den Bach und lassen sie davon-schwimmen. Über den Abhang im Hintergrund links kommen Ulf-heim und Frau Maja in Jagdausrüstung. Hinter ihnen der Diener mit der Koppel, die er nach rechts abführt.

Professor Rubek *bemerkt sie.* Ei, da zieht ja die kleine Maja mit dem Bärenschützen aus.

Irene. Deine Dame, ja.

Professor Rubek. Oder die seine.

Frau Maja *späht im Gehen herüber, sieht die beiden am Bache sitzen und ruft:* Gut' Nacht, Professor. Träum' von mir. Jetzt geht's hinaus auf Abenteuer!

Professor Rubek *ruft zurück:* Und worauf soll das Abenteuer hinaus gehen?

Frau Maja *näherkommend.* Ich will *leben* – statt all des andern.

Professor Rubek *spöttisch.* So, *Du* willst das auch, kleine Maja?

Frau Maja. Ja! Und darum hab' ich einen Vers gemacht, der so heißt: *Singt und jubelt.*

> Ich bin frei! Ich bin frei! Ich bin frei!
> Der Gefangenschaft Zeit ist vorbei!
> Ich bin frei wie ein Vogel! Bin frei!

Jawohl! Denn ich glaube, jetzt bin ich erwacht – jetzt endlich.

Professor Rubek. Es sieht fast so aus.

Frau Maja *atmet aus voller Brust.* Ah, – wie himmlisch leicht macht solch ein Erwachen!

Professor Rubek. Gute Nacht, Frau Maja, – und Glück zur –

Ulfheim *ruft abwehrend:* Werden Sie wohl –! Zum Teufel mit Ih-ren Wünschen! Wollen Sie uns Pech anhexen! Sehen Sie nicht, daß wir auf die Jagd wollen –

Professor Rubek. Was bringst Du mir mit von der Jagd, Maja?

Frau Maja. Du sollst einen Raubvogel haben, zum Modellieren. Ich werde Dir einen flügellahm schießen.

Professor Rubek *lacht bitter und spöttisch.* Ja, einen flügellahm schießen – so aus Versehen –, das ist immer etwas für Dich gewesen.

Frau Maja *wirft den Nacken zurück.* Ah, überlaß Du mich künftig nur mir selbst –! *Nickt und lacht schelmisch.* Leb' wohl! – und eine gute, ruhige Sommernacht auf Bergeshöhen!

Professor Rubek *lustig.* Danke! Und alles Unglück der Welt über Euch und Eure Jagd!

Ulfheim *lacht dröhnend.* Bravo, *das* ist ein Wunsch, wie er sein soll.

Frau Maja *lachend.* Vielen Dank, Professor, vielen Dank!

Sie haben beide den sichtbaren Teil des Plateaus durchquert und gehen durch das Gebüsch rechts ab.

Professor Rubek *nach kurzer Pause.* Sommernacht auf Bergeshöhen. Ja, *das* wäre das Leben gewesen.

Irene *plötzlich, mit einem wilden Ausdruck in den Augen.*Willst Du eine Sommernacht auf Bergeshöhen – mit mir?

Professor Rubek *breitet die Arme aus.* Ja! Ja! – Komm!

Irene. Mein geliebter Herr und Gebieter!

Professor Rubek. Ach Irene!

Irene *lächelt und tastet nach ihrem Dolch; heiser:* Es wird nur eine Episode – *rasch, flüsternd:* Still! Sieh Dich nicht um, Arnold!

Professor Rubek *ebenso leise.* Was gibt's?

Irene. Ein Gesicht starrt mich unverwandt an.

Professor Rubek *wendet sich unwillkürlich um.* Wo? *Fährt zusammen.* Ah! *Der Kopf der Diakonissin ist zwischen dem Gebüsch links, wo man hinabsteigt, halb zum Vorschein gekommen. Ihre Augen sind unverwandt auf Irene gerichtet.*

Irene *erhebt sich und sagt mit gedämpfter Stimme:* Wir müssen uns trennen. Nein, Du sollst sitzen bleiben, hörst Du! Du darfst mich nicht begleiten. *Beugt sich über ihn und flüstert:* Auf Wiedersehen heut nacht! Hier draußen auf Bergeshöhen.

Professor Rubek. Und Du kommst, Irene?

Irene. Ich komme bestimmt. Erwarte mich hier.

Professor Rubek *wiederholt wie im Traum:* Sommernacht auf Bergeshöhen. Mit Dir. Mit Dir. Seine Augen begegnen den ihrigen. Ach Irene, – das hätte das Leben sein können. Und *das* haben wir verscherzt – alle beide.

Irene. Was unwiederbringlich verloren ist, sehen wir erst, wenn – *bricht kurz ab.*

Professor Rubek *sieht sie fragend an.* Wenn – ?

Irene. Wenn wir Toten erwachen.

Professor Rubek *schüttelt schwermütig den Kopf.* Ja, was sehen wir da eigentlich?

Irene. Wir sehen, daß wir niemals gelebt haben. *Sie geht den Weg nach dem Sanatorium hinunter. Die Diakonissin macht ihr Platz und folgt ihr. Professor Rubek bleibt unbeweglich am Bache sitzen. Man hört Frau Maja von den Felsen droben her jubeln und singen:*

Ich bin frei! Ich bin frei! Ich bin frei!
Der Gefangenschaft Zeit ist vorbei!
Ich bin frei wie ein Vogel! Bin frei!

Dritter Akt

Wild zerklüftetes Hochgebirge mit steil abfallenden Abgründen im Hintergrund. Schneebedeckte Gipfel erheben sich rechts und verlieren sich hoch oben in treibenden Nebeln. Links in einer Geröllhalde liegt eine alte, halb verfallene Hütte. Es ist früher Morgen. Der Tag graut; die Sonne ist noch nicht aufgegangen.

Frau Maja kommt rot und erhitzt die Halde links herunter. Ulfheim folgt ihr halb zornig, halb lachend und hält sie am Arm fest.

Frau Maja *versucht sich loszumachen.* Lassen Sie mich los! Lassen Sie mich los, sag' ich!

Ulfheim. Na, na, – das fehlte bloß noch, daß Sie beißen. Sie sind ja ungeberdig wie ein Marder.

Frau Maja *schlägt ihn auf die Hand.* Sie sollen mich loslassen, hab' ich gesagt! Und ruhig sein –

Ulfheim. Da sollte mich doch –

Frau Maja. Dann geh' ich keinen Schritt weiter mit Ihnen! Hören Sie – keinen einzigen Schritt –!

Ulfheim. Hoho, – wo wollen Sie in dieser Felsenwildnis ohne mich hin?

Frau Maja. Ich springe einfach die Wand dort hinunter, wenn's sein muß –

Ulfheim. Um zermalmt und zermahlen dazuliegen – als leckeres, blutiges Fressen für Hunde – was? *Läßt sie los.* Bitt' schön. Springen Sie die Wand hinunter, wenn Sie Lust haben. Sie ist schwindelnd steil. Nur ein schmaler Steig führt hinunter, und der ist fast ungangbar.

Frau Maja *säubert ihr Kleid mit der Hand und sieht ihn mit zornigen Augen an.* Mit so einem Menschen wie Sie muß man auf die Jagd gehen!

Ulfheim. Sagen Sie lieber: Sport treiben.

Frau Maja. Ach so, Sie nennen das hier Sport?

Ulfheim. Ja, ich nehme mir die ehrerbietige Freiheit. – Diese Art Sport, sehen Sie, lieb' ich am meisten.

Frau Maja *wirft den Kopf zurück.* Nun – da muß ich aber sagen –! Nach einer kleinen Pause; blickt ihn forschend an. Warum haben Sie denn da oben die Hunde losgelassen?

Ulfheim *blinzelt und lächelt.* Um ihnen auch ein kleines Jagdvergnügen zu gönnen, verstehen Sie wohl.

Frau Maja. Das ist ja nicht wahr! An die Hunde haben Sie gar nicht gedacht, als Sie sie losgelassen haben.

Ulfheim *lächelt noch immer.* Na, weshalb hab' ich's denn sonst getan? Lassen Sie hören –?

Frau Maja. Darum, weil Sie den Lars los sein wollten. Er sollte den Hunden nach und sie wieder einfangen. Und mittlerweile –. Sie sind mir ein Feiner!

Ulfheim. – und mittlerweile –?

Frau Maja *kurz abbrechend.* Ja, ja, schon gut.

Ulfheim *in vertraulichem Ton.* Lars findet sie nicht so bald. Darauf können Sie Gift nehmen. Der kommt nicht eher mit ihnen zurück, als bis es Zeit dazu ist.

Frau Maja *blickt ihn zornig an.* Hm, das kann ich mir denken.

Ulfheim *greift nach ihrem Arm.* Denn sehen Sie, Lars – der kennt meine Sportgewohnheiten.

Frau Maja *weicht ihm aus und mißt ihn mit den Augen.* Wissen Sie, wie Sie aussehen, Herr Ulfheim?

Ulfheim. Doch wohl wie ich selbst.

Frau Maja. Aufs Haar getroffen. Leibhaftig wie ein Faun.

Ulfheim. Ein Faun – ?

Frau Maja. Ja, grad' wie ein Faun.

Ulfheim. Ein Faun – das ist so 'ne Art Untier, was? Oder so was wie 'n Waldteufel, nicht?

Frau Maja. Jawohl, grad' so einer wie Sie! So einer mit Bocksbart und Beinen wie ein Ziegenbock. Ja, und Hörner hat der Faun auch!

Ulfheim. Ei, ei, – *der* hat auch Hörner?

Frau Maja. Ein paar greuliche Hörner, wie Sie, jawohl.

Ulfheim. Sie können die Hörnerchen sehen, die *ich* habe ?

Frau Maja. Ja, mir ist, als könnte ich sie ganz deutlich sehen.

Ulfheim *zieht die Hundeleine aus der Tasche.* So ist's wohl am besten, ich binde Sie mal 'n bißchen.

Frau Maja. Sind Sie vollständig verrückt geworden?! Binden wollen Sie mich –?

Ulfheim. *Soll* ich schon Teufel sein, so lassen Sie mich's auch *ganz* sein. Sieh mal an! Sie können also die Hörner sehen?

Frau Maja *beruhigend.* Na ja, na ja, – nun seien Sie hübsch artig, Herr Ulfheim. *Unterbricht sich.* Aber wo ist denn eigentlich Ihr Jagdschloß, von dem Sie mir ein Langes und Breites vorgeredet haben? Das sollte ja hierherum irgendwo liegen?

Ulfheim *zeigt auf die Hütte.* Hier haben Sie's unmittelbar vor Augen.

Frau Maja *blickt ihn an.* Der alte Schweinekofen da?

Ulfheim *lacht sich in den Bart.* Der hat schon mehr als eine Königstochter beherbergt.

Frau Maja. Und *dadrin* hätte der eklige Kerl die Königstochter in der Gestalt eines Waldbären besucht, wie Sie mir erzählt haben?

Ulfheim. Jawohl, Frau Jagdkameradin, – hier war's. *Mit einladender Handbewegung.* Wenn Sie gefälligst eintreten wollen, –

Frau Maja. Brr! Nicht mit der Fußspitze möcht' ich –! Brr!

Ulfheim. Ach, eine Sommernacht kann da ein Pärchen recht angenehm verschlafen. Oder auch gleich einen ganzen Sommer – wenn's sein soll.

Frau Maja. Danke schön! Dazu müßte besonderer Appetit gehören. *Ungeduldig.* Aber jetzt hab' ich sowohl Sie wie auch Ihre Jagdpartie satt. Ich will ins Hotel zurück, – eh' man da unten aufsteht.

Ulfheim. Wie denken Sie sich den Abstieg von hier?

Frau Maja. Das müssen Sie besser wissen als ich. Irgendwo wird sich doch wohl ein Abstieg hier finden.

Ulfheim *zeigt nach dem Abgrund.* I freilich; eine Art Abstieg gibt es schon – über die Wand da hinunter –

Frau Maja. Na, also –. Sie sehen, mit ein bißchen gutem Willen –

Ulfheim. – aber versuchen Sie's bloß, diesen Weg zu gehen.

Frau Maja *besorgt.* Sie halten es nicht für möglich ?

Ulfheim. Nie und nimmermehr. Wenn *ich* Ihnen nicht helfen darf.

Frau Maja *unruhig.* Na, so kommen Sie und helfen Sie mir! Wozu sind Sie sonst da?

Ulfheim. Soll ich Sie auf den Rücken nehmen –

Frau Maja. Unsinn!

Ulfheim. – oder Sie lieber auf den Armen tragen ?

Frau Maja. Kommen Sie jetzt nicht wieder mit diesen Dummheiten.

Ulfheim *mit verbissenem Grimm.* Ich hab' einmal ein junges Ding von der Straße aufgelesen und sie auf meine Arme gehoben. Auf Händen hab' ich sie getragen. Und wollte sie so durchs ganze Leben tragen, – auf daß ihr Fuß nicht an einen Stein stoße. Denn sie hatte damals recht ausgetretene Schuhe, als ich sie fand –

Frau Maja. Und trotzdem haben Sie sie aufgehoben und auf Händen getragen?

Ulfheim. Ich hab' sie aus dem Dreck emporgehoben und sie über dem Boden getragen – so hoch und so vorsichtig, als ich nur konnte. *Mit einem brummenden Lachen.* Und wissen Sie, was ich zum Dank dafür gekriegt habe?

Frau Maja. Nein. Was denn?

Ulfheim *blickt sie an und nickt lächelnd.* Hörner hab' ich gekriegt. Dieselben Hörner, die *Sie* so deutlich sehen. – Ist das nicht eine putzige Geschichte, Frau Bärentöterin?

Frau Maja. O ja, ganz putzig. Aber ich weiß eine Geschichte, die ist noch putziger.

Ulfheim. Und wie ist die?

Frau Maja. Folgendermaßen. Es war einmal ein dummes Mädelchen, das lebte bei Vater und Mutter. – Aber in ziemlich dürftigen Verhältnissen. Da platzte ein großmächtiger Herre in all diese Dürftigkeit hinein und hob das Mädelchen auf seine Arme – wie Sie – und reiste weit, weit fort mit ihm –

Ulfheim. Wollte sie so gerne bei ihm leben?

Frau Maja. Ja; denn, sehen Sie, sie war dumm.

Ulfheim. Und er war wohl, was man so ein richtiges hübsches Mannsbild nennt?

Frau Maja. Ach nein, er war gar nicht besonders hübsch. Aber er wußte ihr einzureden, er würde sie auf einen Gott weiß wie hohen Berg führen, allwo Licht und Sonnenschein über die Maßen sei.

Ulfheim. Er war also Bergsteiger, der Mann?

Frau Maja. Jawohl, in seiner Art.

Ulfheim. Und da hat er das Mädel mit sich hinaufgenommen –?

Frau Maja *wirft den Kopf zurück.* Ei ja, gar herrlich hat er sie mit sich hinaufgenommen –. Ach nein, er hat sie in ein kaltes, feuchtes Bauer gelockt, wo weder Sonne noch frische Luft war – nach Ihrer Meinung wenigstens – sondern nur alles vergoldet und großer versteinerter Menschenspuk rings an den Wänden.

Ulfheim. Das mochte ihr, Gott verdamm' mich, so passen!

Frau Maja. Aber finden Sie die Geschichte nicht doch ganz putzig?

Ulfheim *blickt sie eine Weile an.* Hören Sie mal, meine liebe Jagdkameradin –

Frau Maja. Nun? Was gibt's denn nun wieder?

Ulfheim. Sollten wir zwei unsere lumpigen Existenzen nicht zusammenwerfen?

Frau Maja. Haben der Herr Lust, Flickschneider zu werden?

Ulfheim. Ja, warum nicht. Könnten wir zwei nicht versuchen, die Fetzen da und dort zusammenzuflicken, – so daß schließlich doch noch so was wie 'n Menschenleben herauskäme?

Frau Maja. Und wenn die Jammerlappen nun ganz zerschlissen wären – was dann?

Ulfheim *mit einer energischen Handbewegung.* Dann stehen wir da, stolz und frei, – als wir selbst.

Frau Maja *lacht.* Sie mit Ihren Bocksbeinen, ja!

Ulfheim. Und Sie mit Ihren –. Na, verfolgen wir's nicht weiter.

Frau Maja. Ja, kommen Sie – und verfolgen wir endlich den Weg weiter.

Ulfheim. Stopp! Wohin, Kamerad?

Frau Maja. Ins Hotel, wohin sonst.

Ulfheim. Und hinterher?

Frau Maja. Dann sagen wir einander hübsch Lebewohl und Dank für die Begleitung.

Ulfheim. *Können* wir uns trennen, wir zwei? Meinen Sie, wir *können* es?

Frau Maja. Ja, gebunden haben Sie mich meines Wissens doch nicht.

Ulfheim. Ich habe Ihnen ein Schloß zu bieten –

Frau Maja *zeigt auf die Hütte.* Eins wie *das* da?

Ulfheim. Nein, bis jetzt ist es noch nicht eingestürzt.

Frau Maja. Und am Ende auch alle Herrlichkeit der Welt?

Ulfheim. Ein Schloß, sag' ich –

Frau Maja. Danke! Von Schlössern habe ich gerade genug.

Ulfheim. – mit prächtigen Jagdgründen, Meilen und Meilen im Umkreis.

Frau Maja. Gibt's auch Kunstwerke in diesem Schloß?

Ulfheim *langsam.* Nein, – Kunstwerke allerdings nicht; aber –

Frau Maja *erleichtert.* Nun, das wär' auch noch besser.

Ulfheim. Also, wollen Sie mit mir gehen, – so lang und so weit, wie ich will?

Frau Maja. Ja, wenn nicht ein zahmer Raubvogel wäre, der mich bewachte –!

Ulfheim *wild.* Dem schießen wir eins in die Flügel, Maja!

Frau Maja *sieht ihn einen Augenblick an und sagt entschlossen:* So kommen Sie denn und tragen Sie mich durch die Tiefe hinunter.

Ulfheim *schlingt den Arm um ihren Leib.* Es ist höchste Zeit! Der Nebel ist über uns –!

Frau Maja. Ist der Weg hinunter furchtbar gefährlich?

Ulfheim. Der Bergnebel ist gefährlicher.

Sie macht sich los, tritt an den Rand des Abgrundes und sieht hinunter, fährt aber rasch zurück.

Ulfheim *geht ihr entgegen und lacht.* Es wird Ihnen wohl etwas schwindlig?

Frau Maja *matt.* Das auch. Aber sehen Sie selbst mal nach, was für zwei da heraufkommen –

Ulfheim *tritt an den Abgrund und beugt sich über den Rand.* Das ist ja nur Ihr Raubvogel – und seine fremde Dame.

Frau Maja. Können wir nicht an ihnen vorbei, – ohne daß sie uns sehen?

Ulfheim. Unmöglich. Der Steig ist zu schmal. Und einen anderen Abstieg gibt es nicht.

Frau Maja *ermannt sich.* Gut denn, – so wollen wir ihnen hier Trotz bieten.

Ulfheim. Das war gesprochen wie ein echter Bärentöter, Kamerad!

Professor Rubek und Irene erscheinen am Rande der Tiefe. Er hat sein Plaid über den Schultern, sie trägt einen Pelzmantel lose über ihr weißes Gewand geworfen und eine Kapuze aus Schwanenpelz.

Professor Rubek, *erst zur Hälfte über der Felsenkante sichtbar.* Wie, Maja! Wir zwei müssen uns noch einmal begegnen?

Frau Maja *mit angenommener Sicherheit.* Zu Diensten. Bitte, nur näher zu treten.

Professor Rubek steigt ganz herauf und reicht Irene, die ebenfalls ganz nach oben kommt, die Hand.

Professor Rubek *kalt zu Frau Maja.* Du bist also die ganze Nacht in den Bergen gewesen, Du auch, – wie wir?

Frau Maja. Auf der Jagd bin ich gewesen, jawohl. Du hast mir ja Urlaub gegeben.

Ulfheim *zeigt nach der Tiefe.* Sind Sie den Steig da herauf gekommen?

Professor Rubek. Das haben Sie doch gesehen.

Ulfheim. Und die fremde Dame auch?

Professor Rubek. Ja, versteht sich. Mit einem Blick auf Frau Maja. Diese fremde Dame und ich, wir gedenken fortan nicht mehr getrennte Wege zu wandeln.

Ulfheim. Wissen Sie, daß der Weg, den Sie gekommen sind, Ihnen das Leben hätte kosten können –?

Professor Rubek. Wir haben ihn trotzdem versucht. Denn im Anfang hat er gar nicht so schlimm ausgesehen.

Ulfheim. Nein, im Anfang ist kein Ding schlimm. Aber, eh' man sich's versieht, kann man an einer Stelle stehen, wo man weder vorwärts noch rückwärts kann. Und dann sitzt man fest, Herr Professor! Bergfest, wie wir Jäger sagen.

Professor Rubek *blickt ihn lächelnd an.* Das sollen wohl Sprüche der Weisheit sein, Herr Ulfheim?

Ulfheim. Gott bewahre mich davor, Sprüche der Weisheit zu liefern! *Eindringlich, zeigt in die Höhe.* Aber sehen Sie nicht, daß das Unwetter über unsern Köpfen ist! Hören Sie nicht die Windstöße?

Professor Rubek *horcht.* Es klingt wie das Vorspiel zum Auferstehungstag.

Ulfheim. Das ist der Wirbelsturm von den Gipfeln, Mann! Sehen Sie nur, wie die Wolken sich über uns wälzen und senken! Bald umhüllen sie uns wie ein Leichentuch.

Irene *fährt zusammen.* Das kenn' ich, das Tuch.

Frau Maja *will Ulfheim fortziehen.* Machen wir, daß wir hinunter kommen.

Ulfheim *zu Professor Rubek.* Mehr als einem kann ich nicht helfen. Halten Sie sich, solange der Sturm tobt, in der Hütte dort auf. Ich schicke dann Leute herauf und lasse Sie beide holen.

Irene *voll Schrecken.* Uns holen! Nein! Nein –!

Ulfheim *barsch.* Die Leute werden nötigenfalls Gewalt brauchen. Denn hier geht's um Tod und Leben. Jetzt wissen Sie's. *Zu Frau Maja.* Kommen Sie denn – und vertrauen Sie sich getrost Ihrem Kameraden an.

Frau Maja *klammert sich an ihn.* Wie ich singen und jubilieren will, wenn ich mit heiler Haut hinunter komme!

Ulfheim *beginnt abzusteigen und ruft den andern zu:* Warten Sie also drinnen in der Jagdhütte, bis die Männer mit Seilen kommen und Sie holen.

Ulfheim, Frau Maja in den Armen, klettert eilig, aber vorsichtig den Abgrund hinunter.

Irene *blickt eine Weile mit schreckensstarren Augen auf Rubek.* Hast Du gehört, Arnold? – Es wollen Männer heraufkommen und mich holen! Viele Männer werden heraufkommen –

Professor Rubek. Sei nur ruhig, Irene!

Irene *in wachsendem Entsetzen.* Und sie, die Schwarze, – die wird auch kommen. Denn jetzt muß sie mich längst vermißt haben. Und dann wird sie mich packen, Arnold! Und mir die Zwangsjacke anlegen! Ja, – denn die hat sie bei sich im Koffer. Ich hab' sie selbst gesehen –

Professor Rubek. Kein Mensch auf der Welt soll Dich berühren!

Irene *mit irrem Lächeln.* O nein, – dagegen hab' ich schon selbst ein Mittel.

Professor Rubek. Was für ein Mittel meinst Du?

Irene *zieht das Messer hervor.* Dies hier!

Professor Rubek *greift danach.* Ein Messer hast Du bei Dir –!

Irene. Immer, immer. Tag und Nacht. Im Bett auch.

Professor Rubek. Gib mir das Messer, Irene!

Irene *verbirgt es wieder.* Du bekommst es nicht. Das kann ich selber gut gebrauchen.

Professor Rubek. Wozu willst Du es hier brauchen?

Irene *blickt ihn fest an.* Es war für *Dich* bestimmt, Arnold.

Professor Rubek. Für *mich*?

Irene. Eines Abends, als wir am Taunitzer See saßen –

Professor Rubek. Am Taunitzer –?

Irene. – vor dem Bauernhäuschen – und mit Schwänen spielten und Wasserlilien –

Professor Rubek. Nun, und –, nun und –?

Irene. – und als ich Dich so mit des Grabes eisiger Kälte sagen hörte – ich sei in Deinem Leben nichts andres gewesen als eine Episode –

Professor Rubek. Das hast *Du* gesagt, Irene! Nicht ich.

Irene *fährt fort.* – da griff ich nach dem Messer. Denn ich wollte es Dir in den Rücken stoßen.

Professor Rubek *düster.* Und warum hast Du da nicht zugestoßen?

Irene. Weil ich zu meinem Entsetzen gewahr wurde, daß Du schon tot warst – schon lange tot.

Professor Rubek. Tot?

Irene. Tot! Tot, Du wie ich. Da saßen wir am Taunitzer See, wir zwei starren Leichen, – und spielten miteinander.

Professor Rubek. Ich nenne das nicht tot. Doch Du verstehst mich nicht.

Irene. Wo ist sie denn, Deine Leidenschaft für mich, diese flammende Leidenschaft, mit der Du rangst und kämpftest, als ich frei vor Dir stand als das auferstandene Weib?

Professor Rubek. Unsere Liebe ist gewißlich nicht tot, Irene.

Irene. Die Liebe, – die von dieser Welt ist – von dieser köstlichen, wundersamen, dieser rätselvollen Welt – die Liebe ist tot in uns beiden.

Professor Rubek *leidenschaftlich.* O Du, – eben diese Liebe, – die brennt und loht in mir so heiß wie je.

Irene. Und ich? Hast Du vergessen, wer ich jetzt bin?

Professor Rubek. Sei meinetwegen wer und was Du willst! Für mich bist Du das Weib, das meine Träume in Dir sehen.

Irene. Ich hab' auf der Drehscheibe gestanden – nackt – und mich nach Dir den Augen vieler hundert Männer preisgegeben.

Professor Rubek. Wer anders als *ich* trieb Dich dahinauf. Verblendet, wie ich damals war, – stellt' ich das Gebilde aus totem Ton über das Glück des Lebens – das Glück der Liebe.

Irene *sieht zu Boden.* Zu Spät! Zu spät!

Professor Rubek. Was auch immer dazwischen liegt, – nicht um eines Haares Breite hat sich Dein Wert in meinen Augen verringert.

Irene *erhobenen Hauptes.* Auch in den meinen nicht.

Professor Rubek. Nun also! Dann sind wir ja frei. Und noch ist es Zeit für uns, zu *leben*, Irene.

Irene *blickt ihn schwermütig an.* Der Lebenstrieb ist tot in mir, Arnold. Jetzt bin ich auferstanden. Und spähe nach Dir. Und finde Dich. Und da seh' ich, – Du und das Leben, Ihr seid Leichname, – wie ich einer gewesen.

Professor Rubek. O, wie bist Du im Irrtum! Das Leben in uns und um uns, das gährt und braust wie zuvor.

Irene *lächelt und schüttelt den Kopf.* Dein junges, auferstandenes Weib sieht das ganze Leben auf der Leichenstreu liegen.

Professor Rubek *nimmt sie ungestüm in seine Arme.* So wollen wir beiden Toten ein einziges Mal das Leben bis auf die Neige kosten – bevor wir in unsere Gräber zurückkehren.

Irene *mit einem Freudenschrei.* Arnold!

Professor Rubek. Aber nicht hier im Dämmer. Nicht hier, wo uns das nasse, häßliche Linnen umflattert –

Irene *von Leidenschaft hingerissen.* Nein, nein, – empor zum Licht und zu all der strahlenden Herrlichkeit! Empor auf den Berg der Verheißung.

Professor Rubek. Dadroben wollen wir unser Hochzeitsfest feiern, Irene, – Geliebte!

Irene *stolz.* Mag immer die Sonne auf uns sehen, Arnold.

Professor Rubek. Alle Mächte des Lichts mögen auf uns sehen. Und alle Mächte der Finsternis auch. *Ergreift ihre Hand.* So willst Du mir folgen, Du meine begnadete Braut?

Irene *wie verklärt.* Ich folge willig und gern meinem Herrn und Gebieter.

Professor Rubek *zieht sie mit sich fort.* Durch die Nebel müssen wir erst, Irene, und dann –

Irene. Ja, – durch alle die Nebel. Und dann hoch hinauf bis zur Zinne des Turms, die da leuchtet im Sonnenaufgang.

Die Nebelwolken senken sich dichter auf die Landschaft. Rubek und Irene steigen Hand in Hand über das Schneefeld rechts empor und verschwinden in den niedrig ziehenden Wolken. Jähe Sturmstöße jagen und pfeifen durch die Luft.

Die **Diakonissin** *erscheint in der Geröllhalde links. Sie bleibt stehen und sieht sich stumm und spähend um.*

Frau Maja *fern aus der Tiefe singend und jubelnd.*

Ich bin frei! Ich bin frei! Ich bin frei!
Der Gefangenschaft Zeit ist vorbei!
Ich bin frei wie ein Vogel! Bin frei!

Plötzlich hört man ein donnerähnliches Getöse vom oberen Teile des Schneefeldes her. Eine Lawine gleitet und wirbelt mit rasender Schnelligkeit talwärts. Man sieht undeutlich, wie Rubek und Irene in den Schneemassen mitgerissen und begraben werden.

Die Diakonissin schreit auf, streckt die Arme nach den Fallenden aus und ruft: Irene! Steht eine Weile stumm; dann schlägt sie ein Kreuz vor sich in die Luft und sagt: Pax vobiscum!

Frau Majas Gesang und Jubel hallt noch von fern aus der Tiefe.

Eigene Buchreihe oder eigenen Verlag gründen

Seit 2009 bietet tredition sein Verlagskonzept auch als sogenanntes "White-Label" an. Das bedeutet, dass andere Unternehmen, Institutionen und Personen risikofrei und unkompliziert selbst zum Herausgeber von Büchern und Buchreihen unter eigener Marke werden können. tredition übernimmt dabei das komplette Herstellungs- und Distributionsrisiko.

Zahlreiche Zeitschriften-, Zeitungs- und Buchverlage, Universitäten, Forschungseinrichtungen u.v.m. nutzen diese Dienstleistung von tredition, um unter eigener Marke ohne Risiko Bücher zu verlegen.

Alle Informationen im Internet: **www.tredition.de/fuer-verlage**

tredition wurde mit mehreren Innovationspreisen ausgezeichnet, u. a. mit dem Webfuture Award und dem Innovationspreis der Buch Digitale.

tredition ist Mitglied im Börsenverein des Deutschen Buchhandels.

Dieses Werk elektronisch lesen

Dieses Werk ist Teil der Gutenberg-DE Edition DVD. Diese enthält das komplette Archiv des Projekt Gutenberg-DE. Die DVD ist im Internet erhältlich auf **http://gutenbergshop.abc.de**